John Colet

ST. PAUL'S SCHOOL
LIBRARY

La Petite Fille
aux yeux sombres

MARCEL PAGNOL
de l'Académie francaise

LA PETITE FILLE
AUX YEUX SOMBRES

roman

suivi de

LES SECRETS DE DIEU

JULLIARD
8, rue Garancière
PARIS

© Julliard, 1984

ISBN 2-260-00370-2

AVERTISSEMENT

« FORTUNIO » fut l'une des aventures de jeunesse de Marcel Pagnol.

Imaginez une bande de copains, élèves de khâgne, qui caressaient déjà les muses et rêvaient de voir publier leurs sonnets, leurs contes ou encore leurs réflexions philosophiques, le tout fortement imprégné de leur culture grecque ou latine saupoudrée d'enthousiasme méridional.

Quand, début 1914, Marcel et son ami Yves Bourde proposèrent à leurs condisciples leur projet d'éditer une revue « littéraire, artistique et théâtrale », les adhésions furent nombreuses.

C'est ainsi que le premier FORTUNIO vit le jour grâce aux souscriptions d'office d'abonnements arrachés à leurs familles, à leurs amis et relations par les futurs rédacteurs.

Mais la revue n'eut pas le temps de faire ses preuves, la mobilisation d'août 1914 et la perspective pour ses auteurs d'être bientôt appelés arrêtèrent la publication.

Marcel, mobilisé, à Nice exerça ses talents de bricoleur dans l'entretien des lampes à pétrole avant d'être réformé pour « faiblesse de constitution », motif justifié par son physique de gringalet.

Après avoir été répétiteur dans divers lycées, sa mutation en 1920 à Marseille lui permit de rassembler quelques anciens de FORTUNIO auxquels vint se joindre Jean Ballard qui devait, à force d'énergie et d'intelligence, continuer à publier FORTUNIO en lui donnant une audience internationale sous le titre « LES CAHIERS DU SUD » jusqu'à sa mort, en juin 1973.

C'est en octobre 1920 que reparut FORTUNIO, enrichi de chroniques locales variées, d'interviews bidons sensationnelles de quelque gloire littéraire qui se trouvait alors en Indochine ou à Tahiti, ou de comptes rendus de répétitions générales envoyés par un « correspondant parisien » qui n'était autre que Marcel.

Il nous raconte à quelles difficultés il devait faire face :

« J'étais directeur, rédacteur en chef, secrétaire de la rédaction, metteur en pages et chef des colleurs de bandes nocturnes... La plus délicate des fonctions était celle de metteur en pages, car on ne savait jamais de quels articles serait composé le numéro.

« Chacun exigeait trois pages, six pages, dix pages... mais à l'imprimerie, c'était une autre histoire... »

Marcel décida alors d'écrire un feuilleton « élastique » destiné à remplir les « blancs » laissés par les collaborateurs défaillants.

Le plus souvent, c'est accoudé sur le marbre de l'imprimerie qu'il écrivait son texte ajusté aux exigences de la mise en pages.

Ce fut d'abord « LE MARIAGE DE PELUQUE », édité en 1932 par FASQUELLE sous le titre de « PIROUETTES ».

Puis, en mars 1921, « LA PETITE FILLE AUX YEUX SOMBRES » prit le relais.

Nous y retrouvons plusieurs personnages du « MARIAGE DE PELUQUE » et, naturellement, Jacques PANIER qui n'est autre que l'auteur, Louis-Irénée PELUQUE, le philosophe farfelu, compagnon de ses aventures.

Comme dans « PIROUETTES », Marcel y emploie la narration alternée par les divers personnages, ce qui apporte une agréable fantaisie dans le récit.

L'improvisation de l'auteur, qui n'avait pas le loisir de corriger son texte, nous révèle ses sentiments profonds sur le mirage de l'amour, son désenchantement devant la fragilité de l'être et l'inexorable fuite du temps.

René PAGNOL

LA PETITE FILLE
AUX YEUX SOMBRES

Note de l'Auteur

Cette longue nouvelle est extraite des Mémoires de Jacques Panier, *contenant les exploits les plus notoires et les paroles les plus considérables de Louis-Irénée Peluque, philosophe universitaire.*

L'auteur de ces mémoires négligea, dans sa modestie, d'y tracer un portrait de lui-même. Toutefois, comme il joue dans cet épisode un rôle prépondérant, nous avons demandé au philosophe de présenter son ami au public. Voici les quelques lignes qu'il écrivit pour nos lecteurs.

M. P.

A dix-sept ans, Jacques Panier étudiait la philosophie dans un lycée sous la direction du plus accueillant et du plus regretté des maîtres.

C'était un grand garçon mince, à la figure pâle, avec des traits fort nets et des yeux clairs d'adolescent.

Aux heures philosophiques, qui sont, comme chacun sait, de cinq à sept, il m'entretenait longuement sur un banc de la Plaine, proche le boulevard Chave.

Tantôt il réclamait avec force le rétablissement de l'esclavage antique, et m'en prouvait logiquement la nécessité : j'en étais moi-même assez partisan, à condition toutefois de figurer parmi les patriciens ; tantôt il voulait remplacer le Code par un seul article : « Il n'y a point de degré dans le mal, disait-il ; tous les crimes, tous les délits seront également réprimés, et par un châtiment qui mette le coupable hors d'état de recommencer, je veux dire la prévoyante amputation de la tête. » Tantôt enfin il discourait sur les femmes, et sur la place qu'elles occupent dans la société.

— Louis-Irénée, me disait-il, c'est le sexe triste qui gouverne le monde. Elles élèvent les enfants, elles font les mœurs, elles nous ligotent de conventions. Esclaves, nous sommes leurs esclaves. Céder sa place à une femme était jadis une marque d'affectueuse pitié : aujourd'hui, ce n'est guère qu'une petite platitude soufflée par une obscure espérance... En amour, elles nous font la loi ; et tandis que nous n'avions qu'à les prendre, elles nous ont réduits à les obtenir...

Cependant, une partie de son temps se passait à changer de cravate et à manquer des rendez-vous : rendez-vous avec l'infirmière du dentiste, la sœur de l'acrobate ou la commise du pâtissier. Il avait pour le beau sexe en général une sorte de tendresse méprisante : il disait toutes les femmes égales, et capables seulement de quelques sensations. Quant aux jeunes filles, il ne pouvait comprendre que l'on s'intéressât à « ces êtres simples aux coudes pointus ».

Une idée, ou plutôt un sentiment le hantait sans cesse : celui de la brièveté de la vie, et de l'irréparable fuite des heures. A ce sujet, je me rappellerai toujours l'étrange scène de la pendule.

Nous étions à la campagne, sur la terrasse élevée de sa villa. La longue et claire journée de juin s'était passée en promenades par les vallées, et nous venions de reconduire à la gare deux mères considérables, un père barbu, trois grandes collé-

giennes et une charmante jeune femme aux bras
agréablement ronds.

Jacques était rêveur ; dans son fauteuil d'osier, il
fumait une cigarette, tandis que je lisais un vieux
livre de classe, *La Jeune Abeille du Parnasse François*.
Le crépuscule, ce mélancolique tapissier des jeunes
filles, improvisait un décor sur les collines, et l'Eté
demi-nu rêvait sous un figuier.

Au milieu de la table voisine était une pendule,
faite à l'imitation de ces grandes horloges proven-
çales qui dressent leur haute taille dans l'ombre
accueillante des vestibules.

Celle-ci avait à peine un pied de haut ; le cadran
d'émail bleu portait des chiffres d'or ; une petite
ouverture s'arrondissait au bas de la boîte d'aca-
jou, et l'on voyait à chaque seconde passer le
disque poli du balancier.

Jacques la contemplait depuis un moment
lorsqu'il me dit :

— Entends-tu, Irénée, cette petite chose qui bat
la mort des secondes ? Elle est étroite et sombre et
par l'affreuse lunette le balancier brillant a l'air
d'un couperet. Les frêles secondes accourent. Elles
passent leur tête par l'ouverture : tic, tac, les voilà
mortes, mortes pour jamais.

A pas très lents, s'avance leur file : elles ne sont
point toutes pareilles, les innombrables petites
sœurs... Il y en a de rouges et de mauves, qui
traînent au bas de leurs robes un lambeau fané du
couchant ; il y en a qui sont toutes dorées, pour
avoir dansé au soleil sur les branches des aman-

diers ; et puis d'autres, silencieuses, aux robes sombres piquées de points d'or, pour avoir dormi sur la terre tiède parmi l'ombre claire des pins amicaux... et d'autres encore, toutes bleues pour s'être baignées de nos rêves, au fond des silences... Et voici la plus belle et la plus timide, qui cache sa face dans ses longs cheveux... sa démarche est lente, sa tête penchée : c'est qu'elle est allée trop près d'une lèvre, sa traîne fut prise dans un baiser.

Tic, tac... Le couchant devient sombre, les amandiers sont graves et tristes, les pins amicaux tomberont demain... Tic, tac, tous nos rêves n'étaient que des rêves, les baisers d'hier sont morts pour jamais...

Il s'approcha de la boîte indifférente.

— Pendule, dit-il, tu es une horrible petite mécanique ; et les imbéciles qui nous environnent te regardent sans trembler ! Et ils inventent des morales, et ils repoussent des plaisirs, et ils s'imposent des souffrances... Tic, tac, tic, tac, dit-il d'un accent sarcastique... Mais pour moi, je sais la valeur de la perte... Je les vois, mes secondes, sous leurs cheveux châtains, qui marchent vers ton couperet... Elles sont tristes et douces, elles tournent vers moi leurs faces suppliantes, et je ne peux pas les retenir, je ne peux pas... Pendule, pendule, je te hais !

Il la saisit et la jeta violemment sur le sol, où elle éclata.

Et tout aussitôt, il se mit à rire.

— Je suis stupide, dit-il; et ma mère va encore battre le chat.

J'ai raconté tout au long cet épisode, qui le montre sous son vrai jour; mais il vous manque son regard, ses gestes et sa voix pour sentir quel ardent amour de la vie s'exaltait en lui.

A dix-neuf ans, il obtint un diplôme de Licence, et sur le conseil de son père, il demanda un poste dans l'Université. Mais un matin de juin, au bas des Allées, le sort le mit en face d'un docteur de ses amis, qui voyageait sur les navires d'une grande compagnie. Cet habile homme lui vanta la Palestine et l'Egypte, et s'étonna qu'il ne les eût point visitées. Jacques en fut honteux : il écrivit un billet laconique, l'enroula autour du quotidien rasoir de son père, et s'embarqua sur *l'Albatros* en qualité de garçon d'hôtel; ce navire était uniquement chargé de pèlerins et de touristes.

Jacques soigna le docteur, qui avait le mal de mer, séduisit une passagère, vit Jérusalem, Louqsor, les Pyramides, et revint trois mois après, riche de cinq mille francs; il rapportait aussi un certain nombre de jurons arabes concernant spécialement la mère et les grands-parents de l'interlocuteur, et plusieurs malédictions espagnoles d'un grand poids, touchant les générations futures.

Toutefois, il venait d'avoir vingt ans; il partit donc pour une lointaine caserne : l'amitié d'un capitaine lui valut un poste envié.

Le samedi soir, il venait à Marseille, et nous dissertions longuement; il répandait une déplorable odeur de pétrole, étant chef lampiste. Mais il portait ce titre avec modestie.

Au sortir de l'armée, il entra dans une maison d'éditions parisienne ; il voyageait par toute la France, et venait à Marseille tous les mois. Sur ces entrefaites, j'obtins une licence de philosophie, qui me valut un poste de professeur au collège de Gravière.

Je lui laisse le soin de raconter comment nous nous retrouvâmes.

RÉCIT DE JACQUES PANIER

Cette année-là, après une fructueuse tournée, je m'accordai un congé.

Il y avait fort longtemps que je n'avais reçu de nouvelles du philosophe ; sa dernière lettre, datant de cinq mois, m'avait laconiquement appris qu'on lui donnait une chaire de professeur de philosophie, dans un collège des Pyrénées : c'est pourquoi je fus très surpris de le retrouver sur la Plaine.

Il était deux heures de l'après-midi, et je me promenais, paisible, en fumant une épaisse cigarette d'Egypte ; les rayons d'un généreux soleil rendaient supportable le froid de janvier.

Je fis le tour de la vaste place, essayant d'y reconnaître les figures de jadis... des collégiens aux mains trop grandes ébauchaient une partie de football ; ils riaient, ils prenaient des poses. Ces collégiens n'étaient plus moi : c'est pour cela peut-être qu'ils me parurent stupides et laids. Les nourrices mamelues étaient moins sympathiques, les sergents de ville avaient l'air tout neufs... Mais j'eus la grande joie de reconnaître le marchand de journaux, et le capitaine du torpilleur...

Je faisais pour la troisième fois le tour de la place, lorsque je vis venir vers moi, entre les deux rangées de platanes, un homme jeune, à la taille bien marquée par un veston pincé ; il marchait assez lentement, la tête baissée. Le cœur me battit, je hâtai le pas. Le jeune homme leva la tête, et ouvrit tout grands ses yeux gris : le philosophe était devant moi.

Il se précipita, et m'étreignit avec force : puis il me repoussa, me considéra un instant et m'étreignit de nouveau. Ses yeux pétillaient de joie, et j'étais plus heureux que lui.

— Jacques ! me dit-il, te voilà !

Il me saisit soudain par le bras, et m'entraîna vivement.

— Je ne sais pas d'où tu viens, mais je sais que tu vas chez Hippolyte, boire auprès de moi le champagne de la belle rencontre. Les dieux sont bons, qui t'envoyèrent ; pour Mercure, dieu des voyages, nous lui sacrifierons une génisse blanche aussitôt que nous en posséderons une.

Nous allâmes nous asseoir dans le petit café d'Hippolyte, qui trônait magnifiquement derrière un comptoir nouvellement rétamé.

Quand notre joie se fut un peu calmée, et que nous eûmes vidé quelques coupes, le philosophe m'examina en souriant.

— Jacques, me dit-il, que fais-tu ?

— Je voyage toujours pour de bénévoles éditeurs, dis-je, et je vante à des professeurs crédules d'impraticables méthodes d'anglais, d'allemand ou de calcul ; cela, à seule fin de toucher un pourcentage mille fois béni. En ce moment, je suis au repos pour quatre mois. Mais que fais-tu toi-même ? Je te vois somptueusement vêtu ; ta chaîne de montre est d'une émouvante épaisseur, ton veston fut coupé par un artiste dans un drap dont tu me vois curieux. En outre, pourquoi es-tu à Marseille, alors que le devoir t'appelle dans un collège aussi lointain que faiblement peuplé ?

— Je suis maintenant gardien au jardin zoologique, me dit le philosophe, d'un ton fort naturel.

Je le regardai en riant, et j'attendis une explication de cette plaisanterie.

— Il n'y a rien là que de normal, dit-il. Je te jure que je suis gardien au jardin zoologique. Est-ce un déshonneur ?

— Je ne le crois pas, dis-je. Mais à la suite de quelles traverses...

— Laissons les traverses aux voies de chemin de fer, dit le philosophe. Tout au contraire, c'est un événement heureux qui changea les conditions de mon existence : un cousin mourut, de l'argent roula jusqu'à moi. J'en fis deux parts égales, dont l'une revint à ma mère, qui est douce et cupide.

La deuxième part (qui ne me sera point ôtée) représentait neuf mille francs de rente ; c'était peu pour mes vices ; ils sont nombreux et considérables. Toutefois, je quittai l'Université, la triste vieille bique dont les mamelles flétries ne laissent filtrer qu'une dérisoire pitance. Je revins vers Phocée, et je consacrai mes heureux loisirs à l'étude, enfin égoïste, de la philosophie. Les animaux m'intéressaient particulièrement : me voici au nombre de leurs gardiens ; j'y gagne quelque argent, et force observations du plus haut intérêt ; et puis, je suis un gardien original ; je porte un costume ordinaire, et nul ne me présente d'observations. Que penses-tu de mon idée ?

Je la trouvai tout au moins étrange : nous causâmes encore longuement ; puis le philosophe, tirant de sa poche une montre extra-plate en or, s'écria :

— Bigre ! Trois heures et quart ! Tu m'excuseras, mais il faut que j'aille faire manger le lion !

Et il s'en fut.

Un mardi, à onze heures, j'allai attendre le philosophe à la sortie du jardin.

En face du concierge, le flamant, la tête sous l'aile, dormait au bruit de l'eau ; et cet homme tranquille, qui fumait sa pipe au soleil, ne voyait point, dans ses pattes rouges, des temples énormes, un soleil splendide, et la nappe du Nil hanté de crocodiles où glisse l'ombre d'un ibis.

Le philosophe me tira de ma rêverie.

— Roseau pensant, me dit-il, je suis heureux de te voir, car j'ai quelque chose à te montrer.

Il mit son bras sous le mien, et nous descendîmes paisiblement.

— Il est onze heures dix, reprit-il. Dans trois minutes, nous serons au boulevard Philipon. Dans quatre minutes, à moins que le Seigneur ne m'ait pris en grippe, tu verras, dans un décor moderne, un spectacle d'une grâce antique. Attends, et tais-toi.

Nous arrivâmes au boulevard désiré ; il était presque désert ; seul, un homme assez corpulent

venait vers nous. Sa présence parut irriter vive
ment mon ami.

— O l'importun stupide ! dit-il. L'imbécile suf-
fisant ! Le coup de tonnerre qui disperserait cette
graisse impudente serait-il gaspillé ?

Ces injures ne me parurent pas en proportion de
la faute de cet homme. Mais comme il traversait la
rue, le philosophe changea de ton.

— Non, dit-il, non, il est intelligent, c'est un
intuitif ; il comprend obscurément les choses ; il est
ventru, mais délicat. Tiens, dit-il tout à coup,
regarde, libraire, regarde !

Je regardai.

Au bout du long trottoir gris bordé de platanes,
dans la limpidité du soleil, je vis une petite
silhouette sombre sous la ganse noire d'un
chapeau.

Une jeune fille venait vers nous.

Un manteau simple drapait à belles lignes son
corps élancé, et marquait à peine sa taille. Ses
jambes minces, mais non point maigres, gonflaient
les mailles de la soie ; et l'on sentait, au rythme
facile de son pas, la souplesse des longs muscles
neufs.

O miracle de la grâce... Les rails du tramway
s'évanouirent, l'asphalte se fleurit d'airelle et de
lavande, le bruit de la ville devint comme la
rumeur grave des forêts... et je vis, dans le péplos
de lin, la Diane des anciens âges, qui sous la
couronne de ciste, dans l'amitié des matins grecs,
marchait aux flancs du Pentélique...

La trompe insultante d'un wattman troua le tableau splendide. Un homme à la barbe indigente sortit d'une maison.

L'immensité de ses pieds et la maigreur de son cou attestèrent le XXe siècle : je ne vis plus rien qu'une rue stupide, un hideux réverbère en fonte verte et une jeune fille qui s'approchait de nous.

Le philosophe me prit le bras.

— C'est fini..., pour aujourd'hui, dit-il.

Il vaut mieux la voir de loin, du moins au point de vue artiste ; car sous un angle purement humain, tu vas toi-même proclamer sa beauté...

Lorsqu'elle fut tout près de nous, elle leva sur moi ses yeux qui étaient d'un noir profond et mat. Je l'examinai avec quelque intérêt... Elle baissa la tête et passa.

— Peluque, dis-je, elle a de fortes dents pointues.

— Délicieusement pointues, dit le philosophe, et d'une éclatante blancheur. Quel charme exquis dans ces dix-sept ans ! Quelle grâce à la fois féminine et puérile, sous cette cloche de paille sombre ! Si le noir n'était pas une couleur si triste, je l'appellerais « Le Petit Chaperon Noir ».

— Peluque, avec de telles canines, c'est le loup qui serait mangé !... Et puis, je trouve qu'elle a de petits yeux.

— Tu veux dire qu'elle n'a pas de grands yeux. C'est pourquoi je te propose de lui voter notre infinie reconnaissance. Je suis dégoûté des grands yeux ; on en voit partout, et ils sont fréquemment le signe de la stupidité : témoin le bœuf. Les siens sont d'un noir admirable ; et j'ai toujours préféré la plus petite opale au plus vaste cul de bouteille que l'univers ait jamais produit.

— Tu ne saurais nier qu'elle a le front bas.

— Parce que son chapeau cloche t'empêche de le voir.

— Louis-Irénée, avoue tout de suite que tu en es amoureux.

— Ah pour cela, non ! s'écria-t-il, ce n'est point moi, qui par des paroles pernicieuses, lui ferai quitter le bitume de la vertu. Je suis fatigué de promettre le mariage à la première venue, et, pour le moment du moins, les voluptés artistiques me suffisent. Mais dis-moi franchement ton avis. N'as-tu ressenti aucune émotion supérieure, lorsqu'elle apparut ?

— Mon ami, lui dis-je, je t'avoue que je viens de voir Diane et les terrasses du Pentélique au beau milieu du boulevard Philipon ; mais je suis loin de partager ton enthousiasme, car un penchant à l'observation exacte détruit mes élans d'imagination. En toute impartialité, je te dirai que c'est une jeune fille banale, dont le regard est assez agréable ; mais j'ai vu très distinctement dans ses yeux une âme étriquée de petite bourgeoise. Elle apprend ses leçons, elle cire ses souliers, elle déjeune avec du café au lait. Elle aime les romans d'Henry Bordeaux — (Pouah ! dit Peluque) —, elle déchiffre les valses douloureusement idiotes d'Octave Crémieux, elle se pâme aux laborieuses platitudes de Coppée. Elle est peut-être amoureuse d'un acteur de cinéma ou d'un commis de magasin : mais elle sait fort bien, dans sa petite âme pratique, que c'est là poésie toute pure, et qu'il ne faut point songer à des hommes aussi idéalement distingués.

Et sais-tu ce qu'elle veut être ? Sais-tu quel homme elle veut épouser ? Ta petite fille aux yeux sombres veut être pharmacienne, et elle veut épouser un pharmacien.

— Qui t'a dit cela ? s'exclama le philosophe.

— Mon ami, tu as pu remarquer qu'elle portait sous le bras un gros livre, et une petite brochure. Le gros livre était ce manuel de chimie que M. Troost écrivit pour accabler les candidats au P.C.N. (Qu'il soit maudit ! dit Peluque avec ferveur.) La petite brochure était un programme d'examen, sur lequel j'ai pu lire, en lettres capitales, ce mot : « Pharmacie ».

» Le doute n'est point permis, Irénée. Elle sera pharmacienne, elle épousera un pharmacien. Ils feront des pilules, des économies, des emplâtres et des enfants. Et de cette main fragile où nous crûmes voir l'arc divin de la chasseresse, elle dispensera les purges affreuses qui décrochent le ver solitaire...

A travers elle, nous eûmes une adorable vision. Mais en eut-elle le mérite, et fut-elle rien d'autre qu'une espèce de catalyseur ? O mon ami, toute la beauté était en nous...

Le philosophe s'arrêta, rejeta son feutre en

arrière, et plongea ses deux mains dans ses poches. Puis il me considéra d'un air soupçonneux. Enfin, il sourit, et me parla d'un air grave.

— Jacques Panier, me dit-il, écoute-moi ; tout d'abord, invoquons ensemble la bonne foi, qui fait les discussions profitables ; et quoique nous ayons, par une déplorable négligence, perdu l'usage du muscle moteur de l'oreille, oriente ce cartilage favorablement à ma voix.

» Je t'ai montré une jeune fille. Elle n'est point la sainte de vitrail aux yeux pâles, aux longues mains irréelles ; elle n'est point la femme aux bras charnus, à la bouche mûre, aux sourcils foncés ; elle n'est pas davantage la petite femme aux courbes accusées, aux yeux rieurs ; mais sa sveltesse, ses lignes, et sa grâce (qui n'est rien d'autre que le rapport de lignes en mouvement) évoquent invinciblement la Grèce des beaux marbres ; païenne, elle est la beauté païenne ; et toi, Jacques, toi qui traduisis en vers Anacréon et l'Anthologie, toi qui médis de Puget et de Michel-Ange au profit d'Agasias ou de Myron, toi, le païen le plus sincère et le plus spontané que j'aie connu, pourquoi dénigres-tu si obstinément cette petite sœur de Nausicaa ? Je vais te le dire, mon ami ; c'est parce que tu l'aimes.

Je haussai les épaules. Mais comme je vis qu'il était fort sérieux :

— Louis-Irénée, lui dis-je, tu deviens fou.

— Si jamais de ces lèvres s'échappa comme une abeille la lumineuse vérité, c'est en ce moment même que le monde étonné peut admirer ce prodige. Toi qui méprisais si hautainement les jeunes filles, toi qui riais des amours puériles de Lagneau, tu viens d'être frappé devant mes yeux par le romantique et le ridicule coup de foudre. Obscurément, au plus profond de ton cœur, ton orgueil a frémi quand tu as senti qu'elle emportait dans ses yeux sombres un morceau de toi... Et maintenant, tu combats avec une âpre rancune ; tu plaides contre elle devant toi-même, et tu t'insurges par de vaines paroles, dont l'outrance témoigne de la force du coup reçu.

— Ma foi, dis-je, un peu piqué par son air de commisération, je ne vois pas pourquoi cette petite imbécile...

— Une injure, dit froidement le philosophe. Mais il est évident qu'on ne peut garder tout son calme dans une épreuve aussi subite, et que tu trouves ton excuse dans l'excès de ton inconscient désespoir. Au reste, tu aurais tort de t'affliger. Il est certain que l'amour est une maladie, mais c'est une fièvre délicieuse, et comme un voluptueux choléra. Pour moi, je serais profondément heureux si je sentais danser en moi la flamme crépitante d'une passion.

Sur ces entrefaites, nous approchions du cours du Chapitre, où le pauvre Monticelli, collé à son rocher de marbre comme une arapède barbue, considère si tristement une femme de pierre.

— Peluque, lui dis-je, je suis heureux de ta petite farce au sujet de cette étudiante, car elle me fournit l'occasion de te dire que je n'ai point changé ; aujourd'hui comme jadis, et plus fermement encore, je suis décidé à ne pas aimer, du moins au sens où l'entendent les romanciers et les jeunes filles ; et, la raison aidant une heureuse disposition naturelle, je pense que je n'aimerai jamais.

» J'ai lu Schopenhauer, je l'ai médité longuement, sur les grèves d'Alexandrie et dans ma cave de lampiste.

» O Peluque la nature n'a qu'un but : la vie de la race, et c'est aux dépens mêmes de l'individu qu'elle l'assure. Mais si les hommes avaient une conscience nette du travail qu'on leur impose, ils seraient assez intelligemment égoïstes pour s'y soustraire, et c'est pourquoi l'astucieuse marâtre leur dore la pilule...

» Voici un jeune homme et une jeune femme : « Le Génie de l'Espèce » les évalue, les considère, les compare, sans qu'ils s'en doutent, les malheureux ! Il est grand, elle est petite ; il est maigre, elle est forte ; il est roux, elle est très brune ; il est bilieux, elle est sanguine ; il est froid et calculateur, elle est pétulante et romanesque. Leurs descendants seront donc dans le juste milieu, et conserveront intactes les qualités moyennes de la race. Immédiatement, le cas est tranché : ils s'aiment. Elle croira l'aimer parce qu'il a le nez Bourbon et des cheveux frisés ; il croira l'aimer parce qu'elle a une jolie voix et la jambe bien faite... Hélas...

hélas... Ils s'aiment parce qu'ils en ont reçu la consigne.

» Et devant cette consigne, tout s'écroulera, tout sera sacrifié : père, mère, intérêts, honneur même ; ils l'exécuteront avec l'exactitude servile d'un caporal prussien, avec l'enthousiasme fanatique des écrasés de Jaggernaut.

» Maintenant supposons la famille fondée ; le Génie de l'Espèce donne encore un ordre ; et voici que leurs enfants sont les plus beaux, les plus forts et les plus intelligents dont le sourire ait jamais embelli le vieux monde. Tout aussitôt, pour ce père et pour cette mère, rien ne paraît plus doux et plus enviable que de travailler ardemment au profit des nouveaux venus, et de vivre pour ces futurs ingrats, au lieu de vivre pour eux-mêmes...

» O l'immense, la douloureuse, l'éternelle duperie... Peluque, je n'aimerai jamais ; car j'ai fort mauvais caractère, et je ne veux pas être dupé.

— Bah... me dit le philosophe, tu sais que je suis entièrement de ton avis, touchant l'exactitude des théories de Schopenhauer. Mais ces théories nous peuvent-elles détourner de l'amour ? Non, mon ami ; aussitôt que tu aimeras, tu ne songeras plus à tout cela, et tu verras encore de la poésie dans les démarches ridicules qu'inspire cette soudaine folie...

— C'est là ma deuxième raison de fuir l'amour, lui dis-je. En dernier ressort, je me résignerais peut-être à obéir à une consigne sévère, et donnée par un tyran ; car j'obéirais en connaissance de cause, avec une vision fort nette de mon cas. Mais je hais comme la mort le ridicule ; et quoi de plus ridicule qu'un amoureux ?

— Je le répète, et je le répéterai mille fois encore : c'est un homme qui, tandis qu'il exécute un ordre, s'imagine agir à sa guise... D'autre part, il ne se rend point compte du but auquel il tend ; les jeunes idéalistes que je rencontre chaque soir dans la traverse Chape ne songent point à créer une famille. Ils se tiennent par la main, ils se regardent dans les yeux, ils s'embrassent avec une ferveur silencieuse ; dans tout cela ils ne considèrent point l'exacte nature du baiser, qui est l'hermétique jonction de deux bouches... et la bouche n'est que l'orifice supérieur du tube digestif...

» D'autre part, chacun d'eux s'imagine que nul avant lui n'aima si profondément, si intensément, et si poétiquement ; pour tout dire, ils se persuadent qu'ils viennent d'inventer l'amour...

Nous causâmes encore quelque temps ; puis, sur la Plaine, nous nous séparâmes.

LOUIS-IRÉNÉE PELUQUE REPREND LA PLUME

Je prends le récit à l'endroit où Jacques l'a laissé : il fut dès lors si intéressé à cette histoire qu'il n'a point une idée exacte de ce qu'elle fut.

Le lendemain, sur les onze heures, je le trouvai devant la porte du jardin zoologique. Il agitait un volume de l'*Anthologie des Poètes Français Contemporains*, et dès que je parus il s'écria :

> *Je suis ce roi des anciens temps*
> *Dont la cité dort sous la mer,*
> *Au choc sourd des cloches de fer*
> *Qui sonnèrent trop de printemps...*

Cependant le concierge le regardait d'un œil arrondi.

— J'aime ces quatre vers de Stuart Merrill, lui dis-je ; et je les préfère à son poème, pourtant célèbre, dans lequel :

> *Seul, à mi-mort un rossignol de nuit*
> *Module en mal d'amour sa molle mélodie...*

— Ah! dit Jacques d'un air douloureux, cette pièce me donna toujours mal au cœur. Stuart Merrill y logea un grand nombre d'*m* et d'*l,* car il recherchait un effet de mollesse : il n'a que trop réussi. Cette allitération exagérée n'évoque point en moi l'image d'un rossignol pâmé d'amour : mais quand Grasset lit ces vers d'une voix lente, je vois très distinctement un poulpe mort.

Il eût continué longtemps sur ce ton; comme nous descendions le boulevard du jardin zoologique je lui tendis un paquet de cigarettes. Puis, passant mon bras sous le sien :

— Jacques, lui dis-je avec quelque malignité, as-tu oublié la petite fille aux yeux sombres?

Il rougit très légèrement, puis sourit.

— Je t'avoue que j'ai pensé à elle, me dit-il; mais c'est parce que je pensais à toi.

— C'est pour la revoir que tu viens me chercher.

Il haussa les épaules en allumant sa cigarette.

— Jacques, repris-je, tu serais fâché de ne point la rencontrer aujourd'hui.

Il ne me répondit pas.

— Veux-tu que nous prenions ce tramway? continuai-je. Il passe par la Madeleine. Tu éviterais la petite fille, et nous serions tout à l'aise pour causer.

— Je n'ai aucune raison de la fuir! dit-il en ouvrant de grands yeux; d'autre part, elle ne m'est plus tout à fait indifférente; elle a fait le sujet d'une longue conversation entre nous ; et puis elle te préoccupe fort singulièrement, et tu es mon meilleur ami...

J'allais le remercier de cette marque de sa sympathie ; mais il entama sur-le-champ un discours assez philosophiquement nébuleux.

Nous étions arrivés au boulevard Philipon. Jacques parlait avec feu ; le ton de sa voix et la conviction de ses gestes prouvaient un immense intérêt pour les idées qu'il me développait ; cependant toute son attention était tournée vers le bout du long trottoir gris, vers ce tournant d'où la petite fille allait surgir.

— Non, répétait-il, mille fois non. L'intelligence n'est point aussi précieuse que l'instinct. Il est flatteur pour nous d'attacher une valeur considérable à une faculté qui nous différencie des animaux.

» Mais étant à la fois juges et parties, nous sommes de mauvais juges. D'autre part la nature a protégé les instincts, en créant la douleur. A la manière des commerçants pleins de prudence, elle installa ce timbre électrique, pour la défense de ce qu'elle jugeait précieux. Dès que l'instinct est contrarié, une souffrance physique ou morale nous avertit de cette déplorable situation, et nous contraint d'y porter remède. O Peluque, aucune douleur ne protège la faculté subtile dont les bêtes se passent fort bien ; et d'ailleurs, si les fautes contre l'intelligence étaient douloureuses, la plupart de nos contemporains ne cesseraient de hurler.

Jacques Panier me prouvait sa malice par ces discours ; car il espérait, en soutenant des opinions qui me tenaient à cœur, détourner mon attention. Je lui répondis avec beaucoup de chaleur, mais sans perdre de vue le trottoir désert.

La jeune fille parut. Elle leva la tête et nous aperçut. Tout aussitôt elle sembla s'intéresser au spectacle d'un tramway qui passait, et ne tourna plus les yeux vers nous : mais je ne perdis point un petit geste qu'elle fit pour arranger ses cheveux. Puis elle boutonna son manteau : symptômes inusités...

Jacques ne la quittait point du regard, tout en continuant son discours avec quelque violence ; mais je vis clairement qu'il bafouillait.

Elle arriva près de nous et se décida à lever encore une fois son visage indifférent. Les yeux noirs rencontrèrent ceux de Jacques : tout aussitôt ils s'animèrent. Leurs paupières battirent... La petite fille rougit et passa...

Jacques s'efforçait de parler.

— Considère les abeilles, et dis-moi si le stade auquel leur race... n'est-ce pas... parfait, perfection absolue... ne vaut-il pas la civilisation ?

Je le laissai faire, et j'allumai une cigarette : il tourna rapidement la tête pour regarder la petite fille : je l'imitai.

Elle s'éloignait lentement... Soudain, elle fit mine de traverser la rue ; mais elle s'arrêta sur le bord du trottoir et, sous prétexte de prudence, elle explora du regard la longueur de la chaussée. Son regard rencontra les nôtres : brusquement, elle traversa d'un pas rapide, en dépit d'une klaxonnante automobile qui la frôla ; puis elle disparut au tournant des Quatre-Chemins : je ricanai joyeusement.

— Mon ami, m'écriai-je, tu ne peux nier une affinité secrète ; cent fois je l'ai rencontrée ; cent fois je l'ai regardée s'éloigner. Elle ne tourna jamais la tête comme elle vient de le faire, elle ne traversa jamais ce boulevard. Jacques, le Génie de l'Espèce, dont tu me parlas hier si éloquemment, vient de prendre sa décision, et vous avez reçu l'adorable et terrible consigne...

— Tu finiras par me suggestionner, me dit-il en riant ; mais non, Peluque, je t'assure que je ne l'aime point ; je répugne à ces idylles banales qui naissent et meurent sur les trottoirs. Je vais te dire pourquoi nous nous sommes tournés tous deux : j'ai vu cette jeune fille quelque part ; et peut-être même est-ce une amie de ma sœur.

Nous parlâmes encore quelque peu sur cette aventure, puis il s'efforça d'en éloigner la conversation.

A dater de ce jour, Jacques vint m'attendre régulièrement à onze heures, et la petite comédie devint quotidienne.

Je le rencontrais en outre sur la Plaine, presque chaque soir, et nous bavardions, tantôt seuls, tantôt en compagnie de Lemeunier, notre ancien condisciple.

Ce Lemeunier, qui était fort riche, étudiait avec passion les mathématiques. Il cherchait la clef des propositions de Fermat, se nourrissait d'abscisses et de tangentes, dormait avec une règle à calcul, et faisait mentalement des multiplications à trois chiffres ; toutefois, il ne savait point le numéro de sa maison. Nous causions de mille choses, passant le temps fort agréablement. Quand le froid devenait trop vif, j'allais fumer une pipe chez Jacques, au coin du feu, dans un fauteuil tendu de velours noir.

Dans les commencements, je continuai mes taquineries touchant la jeune fille aux yeux sombres. Mais le déraisonnable libraire me parut les supporter fort mal : au bout d'une semaine, j'évitai ce sujet, et je me contentai de faire en moi-même mes observations. — Quelles sont ses intentions ? me disais-je. Il est certain que les choses ne vont pas rester en l'état ; si cette jeune fille lui plaît, comme je le crois, il tentera d'entrer en relations ; relations officielles ou officieuses, cela s'entend. Mais pourquoi ne m'en parle-t-il point ?

Je pensais qu'aucun fait nouveau n'échapperait à ma perspicacité et chaque jour, j'observais la rencontre muette pour y surprendre quelque changement. Je fus déçu dans mon attente. D'autre part, Jacques m'avoua qu'il avait quelque commerce avec une jeune femme divorcée qui était sa voisine. Dès l'abord, je n'en crus rien ; je pris cet aveu pour un subterfuge destiné à m'égarer. Mais Lemeunier me confirma la réalité de cette intrigue : il avait involontairement surpris un dialogue.

Alors, je ne sus à quel avis me ranger. — Peut-être ne l'aime-t-il point, et considère-t-il cette rencontre comme un petit amusement quotidien. Peut-être même est-il simplement flatté de l'attention que lui témoigne cette petite. Dans ce cas, pourquoi cette gêne entre nous deux ? Pourquoi ce silence, dont notre amitié n'offrait point d'exemple ?

Je résolus alors de tenter une petite expérience. Un lundi soir, je lui dis :

— Jacques, demain matin, je ne serai point à mon travail ; une parente de ma mère doit arriver de Lyon. Elle est riche et fort âgée. Ces deux considérations lui donnent droit à mon escorte : il est donc inutile que tu viennes m'attendre comme de coutume, car j'irai à la gare.

Le lendemain, je ne fus point dupe de mon mensonge, comme il arrive quelquefois, et je n'allai pas attendre à la gare une ancêtre imaginaire. Après avoir donné à la lionne sa pâture sanglante, je me dirigeai vers un café qui se trouve au coin de la rue Espérandieu. Il était onze heures moins le quart.

Je choisis une table d'où ma vue pût explorer aisément le boulevard fatal, et je commençai l'absorption d'un adorable vermouth.

Il y avait dans cette salle un nombre considérable d'employés de tramways. Ils buvaient du vin blanc, avec une sorte de frénésie joyeuse. Je m'expliquai cette dipsomanie par l'abus inconsidéré de la petite trompette qu'un lacet suspendait à leur cou.

A onze heures précises, Jacques parut. Je n'en fus que médiocrement étonné. Il venait à pas lents, sur le boulevard Philipon, et feignait de lire un journal de sports. Au même instant, je vis la petite fille qui montait le boulevard Longchamp. Elle marchait d'un pas rapide, et regarda l'heure plusieurs fois à sa montre-bracelet. Ils ne pouvaient encore se voir tous deux, à cause de l'angle que font ces deux artères, et j'assistai, astronome curieux et commodément assis, à cette petite conjonction.

Au moment de tourner le coin, la jeune fille aux

yeux sombres ralentit le pas. Elle passa un doigt sur la courbe de ses longs sourcils, arrangea quelque peu ses mèches brunes, et fit remonter la ceinture de son manteau. Puis, d'un pas dégagé, elle s'avança.

Il est inutile de décrire une fois de plus la scène connue. Ils feignirent l'indifférence, se regardèrent, rougirent ; après s'être croisés, ils se retournèrent tous deux pour échanger un regard. Mais dès que la petite fille se fût éloignée, Jacques s'arrêta sur le bord du trottoir ; longuement, il la regarda partir. J'allais sortir de ma perfide retraite, pour l'interpeller, lorsque je le vis s'élancer vers un tramway qui passait ; il bondit sur le marchepied avec un élan si prodigieux que je craignis un instant de le voir traverser la voiture pour retomber sur le trottoir opposé. Grâce aux dieux, ma crainte fut vaine, et je vis ce populaire véhicule l'emporter sur les traces de cette enfant, vers le chemin des Chartreux et vers un éternel ridicule.

Ma conviction était faite : il y avait quelque chose entre eux ; je me promis de tirer au clair, à la première occasion, cette déraisonnable aventure.

Le soir même, après le dîner savouré (tournure latine vivement recommandée pour les thèmes), je fumai une pipe auprès de ma mère, qui tricotait un bas au coin de son feu, puis je montai vers la Plaine.

Un vaste clair de lune accablait d'un blanc mépris les réverbères humiliés ; il faisait doux, et je tirais de ma pipe quelque volupté.

Notre-Dame-du-Mont sonna la demie de huit heures. Je me promenai un moment sur la place presque déserte, attendant mon ami comme à l'ordinaire. Mais je vis, sur le parapet du bassin, une forme noire et conique, surmontée d'une forme plus petite, mais tout aussi noire et pareillement conique. Un point de braise rouge les séparait.

A ces quelques signes, je connus que mon ami Babeille, dans son manteau de velours et sous son feutre en pain de sucre, était assis au bord du bassin.

Je m'approchai, et je pris place à côté de lui, malgré l'accueil glacial de la pierre.

— Philosophe, me dit-il, j'ai quelque chose à te dire ; ou plutôt, j'avais quelque chose à te dire, de très urgent et d'assez considérable : mais je viens de l'oublier à l'instant même. Causons un peu : ça me reviendra.

Je ne m'étonnai point de cette placidité ; je connaissais Babeille depuis un long temps. Et sur la Plaine, qui ne l'a connu ? Il avait des cheveux très blonds, qu'il portait à la manière des pages de la Renaissance. Ses yeux étaient bleus, ses lèvres fort rouges ; mais d'innombrables taches de son déparaient la blancheur de ses joues. Il avait l'air d'un enfant de quinze ans ; et pourtant, depuis sa naissance, les républicains enthousiastes avaient tiré dix-sept fois les bombes du 14 Juillet. (Cette métaphore me semble infiniment préférable à celles qui font intervenir le printemps, les hivers, ou la chute des feuilles. Toutefois, elle est assez obscure ; je profite de la parenthèse pour préciser qu'il avait dix-huit ans.)

Noël Babeille était peintre. Il habitait dans la rue Ferrari, sous les combles, dans un atelier fort sale, mais bien éclairé. Sa mère, qui était veuve, ne le voyait qu'aux périodes où la faim misérable réveillait en lui la piété filiale.

Son génie était abscons, et si fort au-dessus du commun, que la plupart des gens se moquaient de lui, et l'appelaient fumiste : mais il ne les considérait point, et persistait dans son « art synthétique ».

Parfois, cependant, il faisait des concessions : il peignait des écriteaux et des enseignes, pour obtenir ces disques d'argent que les commerçants maniaques réclament avec tant de force en échange de leurs denrées.

— Tu me vois assez content, me dit-il, en frappant sa pipe contre sa canne. J'ai fait ces jours-ci une excellente affaire.

» J'ai peint pour un charcutier un rideau de toile. On y voit cinq jeunes gorets danser au son de la flûte que fait résonner un pâtre. Cette œuvre m'a coûté deux jours de travail et m'a rapporté trente francs ; je ne les mettrai point à la caisse d'épargne. Je n'ai pu, hélas, travailler selon mon tempérament. Livré à moi-même, j'aurais peint l'idée de porc, dansant au son de l'idée de flûte, sur une idée de prairie. Me comprends-tu ? J'aurais synthétisé... Mais ce charcutier n'aurait sans doute pas voulu me payer...

Il me tira des mains le paquet de tabac dont je venais de bourrer ma pipe, et se mit à garnir la sienne. Je déplorai intérieurement mon peu de prudence, étant certain de ne plus revoir mon cube d'herbe à Nicot...

— Toutefois, reprit-il, j'ai fait vaguement de la synthèse : ce panneau, en somme banal, sue la charcuterie. Les gorets qui dansent, en dépit de leur attitude, ne sont point vivants. Leurs pieds ont la couleur des pieds panés, leur groin est visiblement cuit, et leurs cuisses rappellent bien plutôt des jambons déjà fumés. Pour le berger, ses doigts ont l'apparence de friandes petites saucisses, et sa flûte semble faite pour être coupée en tranches. J'ajoute enfin que cet éphèbe ouvre dans une face de galantine, des yeux noirs comme des truffes, et que son nez est en forme d'andouille.

— Synthèse admirable, encore que puérile, lui dis-je. Babeille, ton âme est blonde comme celle des primitifs...

Il siffla son chien, qu'il avait nommé Flanelle, pour ce qu'il était jaune, et détesté des chiennes qui ne manquaient jamais de lui mâcher quelque peu les oreilles.

— Tout à l'heure, me dit-il, ton ami Jacques Panier, en remerciement des marques d'amitié que cette bête lui prodiguait, lui a donné un coup de pied dans le ventre. Ton ami Panier deviendra fou, je dis fou à ligoter. Il avait tout à l'heure un regard égaré ; longtemps, assis sur ce bassin, il s'est dit à lui-même des paroles incohérentes en faisant craquer les os de ses doigts. Tiens, remarqua-t-il avec étonnement, je me souviens maintenant de ce que j'avais à te dire : Jacques Panier te prie de passer chez lui d'urgence, et sans t'attarder à causer avec moi.

Je me levai.

— Tu lui diras mille choses de ma part, ajouta le peintre, et entre autres que je lui souhaite un prompt retour à la raison s'il veut conserver mon amitié. Il est trop avisé pour ne point savoir que cette amitié sera un jour sa gloire.

Je filai vers la rue Terrusse.

— Ton tabac ! me cria-t-il. Il me rattrapa, et avec une honnêteté chatouilleuse, il remit dans ma poche un lambeau de papier gris.

Je descendis la rue Terrusse. Jacques y avait loué, proche le boulevard Mérentié, trois pièces, au premier étage d'une fort belle maison. On y voyait une chambre à coucher ornée d'un lit très bas et de plusieurs divans aux multiples coussins. Tout à côté, une vaste salle de bains, et enfin un cabinet de travail dont la tapisserie plutôt sombre incitait à la méditation. Un bureau en occupait le centre ; il était aussi parfaitement rectangulaire et non moins vaste qu'une table de billard. Les murailles étaient couvertes, entre les deux fenêtres, et de chaque côté de la cheminée, par cinq rangées de livres de toute espèce.

Tandis que je montais l'escalier, j'entendis le son d'un piano, qui accompagnait une voix. Je reconnus la voix de Jacques. Il chantait cette

admirable mélodie par laquelle A. Lacheurié nous
prouva que l'on peut embellir un chef-d'œuvre :

J'ai dit à mon cœur, à mon faible cœur :
« N'est-ce point assez de tant de tristesse ? »

Je poussai la porte, qui n'était point fermée.
Jacques tourna sur son tabouret et se leva.

Ses yeux brillaient fort vivement.

— Irénée, me dit-il, je vais t'annoncer quelque
chose d'extraordinaire.

Il me prit les mains, et me fit asseoir au coin de
la cheminée, dans mon fauteuil préféré. Puis il prit
une petite cafetière de nickel, qui était à chauffer
au coin du feu de bûches, et remplit deux tasses
d'un café affreusement noir. Enfin il mit ces tasses
sur le marbre de la cheminée, et s'assit en face de
moi.

La pièce était faiblement éclairée par une lampe
électrique dissimulée au creux d'un vase de porce-
laine bleue ; la flamme dansante du feu illuminait
nos jambes allongées.

Il me parut fort pâle ; et tandis qu'il prenait une
cigarette dans un étui de métal, je remarquai que
sa main tremblait.

— Je vais t'annoncer quelque chose d'extraordinaire, répéta-t-il.

— Je suis tout oreilles, dis-je, mais sans doute
ce que tu vas me dire ne sera point entièrement
nouveau pour moi. Il s'agit de la petite fille aux
yeux sombres ?

De la tête, il acquiesça, et parut réfléchir un moment. Je ne pus résister au désir de commencer mes amicales hostilités.

— Je parie, repris-je, que tu vas m'expliquer pour quel motif tu l'as, ce matin, suivie par le secours d'un tramway ?

Il se rembrunit, et je lus un reproche dans ses yeux.

— Tu m'as... épié ? dit-il. Tant pis, tant pis ; tu n'en aurais pas eu besoin, avec un peu plus d'amitié et un peu moins de raillerie. Mais passons. Ecoute-moi : Peluque, tu n'as jamais compris un seul mot à cette histoire.

Il me parlait avec tant de calme et d'autorité que j'ouvris de grands yeux.

— Pas un mot ! répéta-t-il ; et cela, parce que, dès le premier jour, tu es parti d'une idée fausse. Dès le premier jour, tu as cru et tu as dit que c'était là une banale histoire d'amour. Ne m'interromps pas, je te prie, et fume en silence ta pipe.

» Je vais dissiper en peu de mots le mystère qui nous sépare depuis quelques semaines, et dont notre amitié me paraît avoir souffert.

» Lors de nos premières rencontres avec la petite fille, tu as vu clairement qu'il y avait entre elle et moi un mystérieux sentiment.

— Pas si mystérieux, dis-je...

— Tais-toi. Avec ta coutumière légèreté, tu as proclamé que c'était de l'amour : ce fut là ton erreur fondamentale.

— Si tu m'avais offert une autre explication,

m'écriai-je avec quelque ironie, je l'aurais tout au moins discutée.

Il haussa les épaules.

— A ce moment, je ne savais que deux choses : 1° J'éprouvais à l'égard de la petite fille un sentiment étrange et profond. 2° Ce sentiment n'était pas de l'amour. Qu'était-ce ? Je l'ignorais, et c'est pour cela que j'évitais la discussion ; car tu avais beau jeu à m'accabler de sarcasmes : tu avais une explication de ces faits, toi ! Elle était fausse et stupide, mais c'était une explication, et je n'avais à t'opposer que mes dénégations de bonne foi !

» Aujourd'hui, Peluque, je sais ce qu'il y avait entre la petite fille et moi-même.

Il lança au plafond quelques volutes de fumée, et parut rêver. Ma curiosité était vivement excitée ; mais j'éprouvais en même temps une sorte de malaise et de sourde inquiétude.

— Louis-Irénée, dit-il, je vais d'abord te faire un scrupuleux récit de toutes les démarches auxquelles j'ai consacré, depuis deux mois, le plus clair de mes journées. Elles te paraîtront très certainement ridicules, et te confirmeront dans ton erreur : j'avoue en effet qu'elles ressemblent à celles d'un amoureux banal, mais au moment même où tu prépareras tes railleries les plus acérées, je te confondrai en quelques mots.

Il avait une belle assurance, et fixait sur moi ses larges yeux, dont l'éclat augmenta mon inquiétude.

— Depuis deux mois, je vois la petite fille au moins cinq fois par jour.

Je respirai, délivré. C'était la première parole raisonnable qu'il prononçait.

— Quels ombrages, ou quel toit abritent vos rendez-vous ?

— Nous n'avons point de rendez-vous, dit-il en souriant. Chaque matin, vers neuf heures, elle descend les Allées. Je vais lire mon journal sur un banc, et je la vois passer. Puis, je vais t'attendre au jardin zoologique, et nous la revoyons ensemble ; l'après-midi, vers deux heures, je me promène sous ses fenêtres, dans la rue du Jardin-des-Plantes (car j'ai depuis longtemps découvert qu'elle y habite) et comme elle sait que je suis là, pour m'y avoir vu quelques fois, elle se penche à son balcon, et je passe... Vers cinq heures et demie, je sais où la rencontrer ; à sept heures, de même : je ne manque jamais d'y paraître ; elle ne manque jamais de me sourire. Ce sont bien des rendez-vous tacites : aucun mot ne fut jamais prononcé entre nous.

— Jacques, lui dis-je, il m'est difficile de concevoir la cause de ce manège ; mais il me paraît digne en tous points du plus timide et du plus transi des amoureux.

— Tu juges comme les bonnes gens du quartier, dit-il. A force de me promener sans but apparent dans cette rue du Jardin-des-Plantes, j'ai attiré l'attention de mille commères, et de tous les boutiquiers de la rue.

» Le boucher croit que je suis de la police, et

que je cherche à le surprendre en contravention aux taxes municipales ; il ne me dissimule point une hostilité méprisante. Je vais parfois chez un boulanger, pour savourer quelques brioches ; dans les premiers temps, il m'accueillait amicalement, et poussa la confiance jusqu'à me découvrir le secret de sa fabrication ; mais la fréquence de mes visites l'a rendu soupçonneux. Il me tint avant-hier un discours imprévu touchant le mariage, et me fit un affreux tableau du sort réservé « au galantin qui s'aviserait de courtiser sa femme ». J'en ai conclu qu'il me prêtait des visées sur la boulangère, qui est jeune, mais vaste : je préfère ne plus reparaître en cette boutique. Et ce n'est pas tout. Le destin a voulu qu'il se trouvât un atelier de repassage près de la maison de la petite fille. Les repasseuses y sont nombreuses et charmantes : chacune s'imagine que je viens pour elle en particulier : je te laisse à penser quelles œillades il me faut subir deux fois par jour... j'ai même reçu deux lettres assez enflammées, dont l'une offense également la pudeur et l'orthographe...

— Bien, dis-je. Tu es en bon chemin, Jacques ; tu as réussi à te couvrir de ridicule, et si les choses continuent de ce train, j'aurai le plaisir de te voir figurer dans la prochaine revue de l'Alcazar. Mais cette comédie a certainement un but. Quel est ce but ?

— Il faut que je parle à la petite fille, me dit-il.

— Il me semble que tu prends ton temps ! Voilà

trois mois que cela dure, et tu n'as pas encore trouvé une occasion favorable?

— Non. Elle passe toujours par les mêmes rues, qui sont beaucoup trop fréquentées; les passants qui me verraient aborder cette jeune fille s'imagineraient que je lui fais une déclaration d'amour.

— Ce serait évidemment une erreur, dis-je, car la communication que tu veux lui faire est d'une importance...

— Très considérable, me dit-il; et d'autre part, ce que je veux lui dire est si étrange et si émouvant, qu'elle me prendra sans doute pour un fou. Je t'avoue que cette crainte augmente ma timidité.

— Je pense que tu n'es point troublé par la présence d'un ami tel que moi, et que tu ne vas pas hésiter à me confier cet étrange secret.

Il jeta sa cigarette dans le feu, et secoua la tête d'un air indécis.

— Il y a longtemps, très longtemps, dit-il d'une voix assourdie, j'ai connu, au bord de la mer, une villa de marbre blanc; elle est entourée d'une galerie couverte, que supportent des colonnes; et le toit de cette galerie forme une terrasse, à la hauteur du premier étage... Peluque, c'est là que j'ai connu la petite fille, sous le consulat de Bibulus; elle s'appelait Priscilla, et c'était ma sœur jumelle...

Je me levai brusquement, un peu effrayé par le son de sa voix, la lenteur de ses gestes, l'étrangeté de son regard. Je tournai le commutateur du lustre électrique, et, sous la clarté brutale, je le réprimandai vertement.

— Ah! tu vas me refaire « *La plus belle histoire du monde!* » Connu, mon vieux; Kipling ne t'a pas attendu pour ça. Est-ce que tu te moques de moi?

— Je savais bien que tu ne me croirais pas, dit-il, et pourtant...

— Tais-toi, malheureux! criai-je. Si tu ne plaisantes pas en ce moment même, c'est que tu es devenu fou. Tu es un joli psychologue! Monsieur ne veut pas s'avouer qu'il est amoureux! Non, c'est trop banal, n'est-ce pas? et à force de chercher une explication qui sauve à tes yeux ton intransigeante dignité, tu as fini par inventer celle-là! Et à force de vouloir y croire, tu t'es persuadé de sa vérité; et pour éviter la banalité de l'amour, tu vas tomber dans la grotesque originalité de la folie! Prends garde Jacques, ne t'amuse pas à ces jeux-là, je te jure que ton attitude et tes discours m'inquiètent affreusement. Ecoute-moi, mon ami, sois raisonnable; avoue-toi enfin que tu aimes platement la petite fille, dis-le-lui banalement, épouse-la bourgeoisement, et cesse de jouer au naturel ce rôle de fou volontaire — et pour commencer, habille-toi, et viens avec moi fumer une pipe au grand air. Tu as besoin de quelques conseils et de nombreuses douches; pour ce soir, je te donnerai les conseils.

Il me parut accablé, et leva sur moi des yeux navrés.

— Ceci est dur, dit-il, et ton incrédulité railleuse me surprend douloureusement. Irénée, tu es mon ami, mon seul ami véritable : ne me sois point hostile a priori. Je te jure que cette histoire ne sort point de l'imagination d'un malade ; et si tu veux te rappeler toi-même quelques faits précis, tu verras qu'elle a dans la réalité des appuis solides.

» Souviens-toi des quelques paroles que nous avons échangées au sujet de la petite fille. Dès le premier jour, je t'ai affirmé que je ne ressentais point pour elle un amour banal ! En outre, je t'ai dit que je l'avais vue quelque part : t'en souviens-tu, Irénée ?

» Je t'ai dit alors que c'était sans doute une amie de ma sœur. Eh bien, j'ai interrogé ma sœur. Elle ne la connaît point. Où l'aurais-je vue, si ce n'est dans l'une de ces existences précédentes, que Pythagore...

Je l'interrompis avec une ironie glaciale.

— Nous avions déjà Bibulus, et il ne manquait plus que Pythagore. L'Antiquité tout entière sera bientôt mise en cause, et cela parce qu'un jeune imbécile aime une petite bourgeoise ! Jacques, c'en est assez. Tu es ri-di-cu-le, mon ami ; oui, tout simplement. Tu n'oses point aborder cette enfant, et c'est de là que vient tout le mal : eh bien, je l'aborderai pour toi, et il est certain qu'elle ne refusera pas un rendez-vous. Dès demain, tu n'auras qu'à...

Mais il se mit dans une colère bruyante. Par amitié pour lui, je ne répéterai pas les insanités qu'il me débita deux heures durant ; il répandit à profusion des larmes stupides sur mon gilet brodé, ouvrage vénérable de ma mère. La conclusion de tous ses discours me fut assez défavorable ; il me déclara que je n'étais pas son ami, et qu'il était heureux de me voir enfin jeter le masque. Il jura que j'avais l'esprit plus étroit qu'une gouttière, que j'étais un pitre banal, un hypocrite, et un bourgeois. A une heure du matin, je le mis au lit, comme un enfant, tandis que d'une voix affaiblie il me prodiguait d'abominables insultes. Dix minutes plus tard, je notai que le sommeil lui ôtait peu à peu l'usage de la parole articulée : c'est dans un soupir qu'il me traita de Jocrisse, et quelques secondes après, il me fallut toute mon amitié pour deviner, au contour de ses lèvres, qu'il s'efforçait de m'appeler « sale voyou ». Puis ses traits se détendirent, et je connus qu'il dormait assez paisiblement.

J'hésitai d'abord à le quitter ; mais réfléchissant que l'ineptie n'avait jamais tué personne, je m'en fus sur la pointe des pieds, aristocratiquement silencieux.

Le lendemain était un dimanche; je me levai fort tard, et après un dîner obligatoirement important (car ma mère voulut toujours marquer le dimanche par deux plats supplémentaires, et quelque raffinement dans le choix des breuvages), je descendis paisiblement la rue Saint-Savournin, en fumant un cigare.

Je pensais tout naturellement à la folie de Jacques, et je me proposais d'aller le voir sur les cinq heures. Une certaine inquiétude bourdonnait en moi : c'est pour cela peut-être que ce dimanche me parut encore plus bête, plus ignorant et plus triste que tous les autres dimanches de ma vie.

Au coin du cours Devilliers, je heurtai Grasset. Dans un veston gris à la coupe agréable, il marchait, la tête baissée, sur l'extrême bord du trottoir, si rarement mis à profit. Il portait son feutre à la main, et paraissait, à son habitude, suivre un invisible corbillard.

Il me heurta, et leva vers moi sa face rasée. Tout aussitôt, il recula d'un pas; puis, préludant à son

discours par une légère torsion de la bouche, il dit
d'un air morne :

— Je suis content de te voir. Mais tu as maigri ;
je suis sûr que tu dois manger trop vite. Tu devrais
prendre des cachets de pepsine. Méfie-toi de ton
estomac.

Avec une sorte de fierté désespérée, il mit sa
main sur le dernier bouton de son gilet, et s'écria :

— J'ai une dilatation incurable. J'en mourrai
d'ici une dizaine d'années, si toutefois mes reins
tiennent jusque-là.

» Je n'en suis point affligé, car je sais fort bien
que si je ne meurs pas à trente ans, je serai aveugle
à quarante. Mais cela n'a aucune importance.

Il balaya d'un geste ces idées pénibles avec un
air de parfait mépris.

— Je voulais te voir pour te parler de Jacques,
me dit-il, tandis que nous descendions la rue. Que
lui est-il arrivé ? Je l'ai revu la semaine dernière ; il
m'a paru fort tristement changé ; mais comme
nous étions sur la plate-forme d'un tramway, nous
n'avons pu échanger de confidences.

— Poète, dis-je, je sais sur Jacques un grand
nombre de choses étranges et secrètes, qui me
pèsent affreusement ; je brûlais de les confier à un
ami tel que toi. Je vais te les révéler sans scrupules,
car je sais bien qu'il te les exposerait lui-même.
Sache d'abord que Jacques est vraiment et profondément amoureux.

— Fort bien, dit le poète. Je m'en doutais ; sais-tu que le mari de cette femme a parfaitement le droit de le tuer ?

— Quel mari ? dis-je. Elle n'est point mariée.

— Une jeune fille, dit Grasset d'un air inquiet. Oh oh ! Probablement mineure, n'est-ce pas ?

— Je le crois.

— Le père ne manquera point de les surprendre en quelque lieu compromettant ; il y aura là des cris, des claques, et tout cela finira devant les trois juges du prochain tribunal correctionnel. Et nous serons tous les deux au banc des témoins, pour attester la bonne conduite et la haute valeur morale du prévenu Jacques Panier.

» D'ailleurs, je te dirai que je l'avais toujours prévu ; si tu m'en crois, nous allons sur-le-champ préparer nos dépositions, afin que leur fausseté double, mais identique, ait une allure de sincérité. Car je vois à ton air que les choses sont déjà fort avancées.

— Grasset, dis-je, ne t'abuse point. Le père de cette jeune fille ne risque point encore de recourir à de telles extrémités. Jacques Panier poursuit depuis six mois une jeune fille à laquelle il n'a point osé parler. Et craignant de s'avouer son amour à lui-même, il glisse très rapidement sur la pente délirante de la folie.

Le poète s'arrêta soudain. Il ouvrit largement les bras, leva les yeux au ciel. Sa poitrine parut s'effondrer, tandis que — ô prodige — son ventre formait une légère saillie.

— Peluque, me dit-il, pleurons ensemble ; car

nous avons perdu un ami. Aux symptômes que tu me décris, je vois que Jacques est infecté d'un amour incurable ; et cet homme qui pouvait être une de nos gloires littéraires va dégringoler lamentablement les cent mille marches de l'escalier du mariage...

— Il n'osera jamais lui parler, dis-je.

— Mais elle osera, répliqua le poète en ricanant. Elle osera.

— Et quand cela serait ?

— Cela sera, dit-il avec conviction. Jacques Panier ira devant M. le Maire. Jacques Panier habitera une maison dont il payera régulièrement le loyer. Il aura une cheminée en faux marbre, avec une pendule et deux candélabres. Il mettra des pantoufles, il ne sortira plus après dîner.

Le poète croisa les bras, puis, avec un incommensurable mépris :

— Il lira son journal ! dit-il. Il aura des opinions politiques !

— Bah ! Nous serons là pour le retenir sur cette pente affreuse...

Grasset s'arrêta, me considéra quelques secondes, puis, lentement, froidement :

— Sommes-nous des gens fréquentables ?

Et comme j'allais lui répondre avec une grande dignité, il dit sèchement :

— Non. Nous ne sommes point des gens fréquentables.

Il me regarda sous le nez.

— Qui es-tu ? dit-il d'une voix mordante.

Louis-Irénée Peluque, ex-professeur de philosophie, et gardien amateur au jardin zoologique. Le
seul énoncé de ce titre est un indiscutable brevet de
folie.

» Quelles sont tes relations? Une demi-douzaine de petits cireurs avec qui tu joues à la
marelle sur les trottoirs du boulevard Chave. Je ne
parle point des nombreux cochers de fiacre qui te
tutoient, ni de cet afficheur dont la compagnie, à ce
qu'il me semble, t'est si précieuse. Cet estimable
travailleur porte un pantalon si bien revêtu de
colle pourrie qu'il tiendrait debout tout seul; sa
conversation est peut-être géniale : mais le voisinage de son bonnet de papier a déconsidéré ton
chapeau de paille. D'autre part tu es alcoolique.
Oui, mon ami, tu es alcoolique — et le bitter
grenadine t'a fréquemment inspiré des discours
d'autant plus déplorables qu'ils étaient publics.
Non, tu n'es pas fréquentable; et Jacques Panier
ne te recevra pas chez lui, car tu dégoûterais sa
femme, tu ferais peur à sa belle-mère, et très
certainement tu débaucherais sa bonne...

Au début de ce discours, je faillis l'interrompre
plusieurs fois pour protester avec violence. Mais
peu à peu, rentrant en moi-même, je finis par
m'avouer qu'il avait raison, dans une certaine
mesure. Toutefois, par esprit de vengeance et
comme fiche de consolation, je lui retournai sa
question.

— Mais toi-même? Qui es-tu? De quoi vis-tu?
J'ai de mauvaises fréquentations; mais pour toi, tu

as les pieds tournés en dedans, ce qui est pire ; je suis un peu fou : mais je suis un fou assez joyeux ; tu es connu sous le jour d'un aliéné sinistre. Tu...

Il m'interrompit.

— Peluque, me dit-il, tout ce que tu pourras dire n'approchera point de l'odieuse vérité. Tu ignores mes vices, que je connais ; tu n'as point mesuré mon hypocrisie, dont la profondeur m'étonne parfois moi-même. Il est donc inutile de continuer à m'accabler : je sais, hélas, à quoi m'en tenir.

» La conclusion de tout cela est fort nette : Jacques Panier est parfaitement perdu pour nous, si d'une façon ou d'une autre, nous ne réussissons point à enrayer cette malfaisante passion.

Alors, je lui exposai ce que, par une sorte de honte pour notre ami, je n'avais point osé lui dire encore. Je lui racontai l'histoire de Bibulus, de la villa au bord de la mer et des mille autres folies que Jacques m'avait racontées la veille.

Contre toute attente, il parut n'y attacher aucune espèce d'importance.

— C'est la bêtise toute pure, me dit-il. Il n'est pas plus fou que toi ou moi. Il est simplement amoureux, ce qui est pire. Peluque, si nous sommes pour lui des amis dignes de ce nom, il nous faut le tirer de là ; il nous faut le délivrer de cette passion.

Il parut rêver un moment, tandis que nous remontions à pas lents la rue Consolat. Puis il dit :

— Il faut qu'il oublie cette dangereuse intrigante. Un clou chasse l'autre... Ne pourrions-nous point lui donner un vice ?

— Il en a déjà beaucoup, dis-je.

— C'est vrai. C'est vrai. Ne pourrions-nous écrire au directeur de sa maison d'éditions, et lui faire confier une tournée en Suisse ou en Italie ?

Je haussai les épaules.

— Il est facile de faire des grimaces, s'écria amèrement le poète. Il nous faut absolument trouver un moyen de le guérir. Il nous faut le séparer de cette fille !

— Grasset, lui dis-je, tes idées sont ineptement fausses. Si je connaissais un moyen de l'en séparer, j'userais toutes les ressources de mon génie à ne point l'employer. Si Jacques cessait de voir cette fille, il emporterait d'elle un souvenir adorable. Elle demeurerait ornée de toutes les beautés dont son imagination l'environne. Il en souffrirait long-temps, et comme le monde est petit, il la retrouve-rait un jour ou l'autre. Notre devoir m'apparaît lumineusement tracé. Il nous faut rapprocher ces deux amoureux. Déployons ici toute notre habi-leté, toute l'ingéniosité que peut nous inspirer notre tendresse pour un ami en péril. Car voici ma pensée : dès que Jacques connaîtra cette enfant, il verra bien vite son insuffisance. Le beau mirage s'évanouira. Crois-moi, Grasset, ô mon ami ! Un amour aussi chimériquement exalté ne résistera point à banale et plate réalité. C'est pourquoi nous allons tous deux, avec une audace astucieuse, jouer dans cette petite comédie le rôle de metteurs en scène.

Je sentis à ce moment peser sur mes épaules le fardeau haïssable d'une responsabilité. Ma lâcheté naturelle me poussa donc à la partager avec quelqu'un.

Le lundi, sur les deux heures, je trouvai Lemeunier dans le bar d'Hippolyte. Il buvait, par le moyen d'une paille, un mélange assez trouble d'orgeat et de café.

Je pris place auprès de lui, et comme j'avais en sa discrétion une confiance absolue, je lui racontai par le menu la triste aventure de Jacques Panier. Je fus pittoresque, ému, profond et véridique. Puis, je lui demandai un conseil.

— Philosophe, me dit-il, tu baisses. Franchement, et du fond du cœur, tu baisses. Te voilà presque triste, et en tout cas, vivement intéressé, par une histoire banale, et si douloureusement inepte ! Ne me parle point de petite fille, d'idylle, de timidité, d'amour ou de folie, parle-moi d'acide phosphorique, de désassimilation non compensée, ou de la surface de contact entre la moelle épinière et le liquide céphalo-rachidien. Au lieu de me conter une manière de roman, dis simplement ceci : « Je constate, par divers symptômes, que la teneur en phosphore de la matière grise a considérablement diminué chez notre ami Jacques Panier. Il souffre de déséquilibre physiologique, qui l'amène à concevoir certains fragments de l'univers d'une façon assez différente de la nôtre. » A quoi je te répondrai : « Nous allons donc élaborer ensemble les menus qui rétabliront notre ami. Je conseille vivement les lentilles, le salsifis, et, de préférence à la pomme de terre, les topinambours cuits dans une eau dont le calcaire aura été précipité. Je suis aussi partisan des biftecks saignants et de la viande de porc ; et pour varier, ajoutons la sole, le merlan et le maquereau... »

Il fit jaillir la plume de son stylographe, et se mit en devoir d'écrire ces menus.

Mais je l'interrompis, et d'une voix amicalement persuasive :

— Lemeunier, lui dis-je, en désignant son verre à demi plein, il est visible pour tout le monde que ce breuvage dégoûtant t'a donné mal au cœur : ne te venge point sur moi de ce dommage passager ; tu en es seul responsable. Mais s'il t'est possible, descends un peu de ton empyrée scientifique. Je te pose un problème : je voudrais mettre face à face notre ami Jacques Panier et une jeune fille, que nous représenterons par X. Quelle est la marche à suivre ?

Il but un grand trait de sa mixture ; puis il alluma un cigare, en prenant son temps. Enfin :

— Philosophe, me dit-il, tu as raison de représenter cette fille par X : tu ne la connais point, et tu ne sais pas de quelle façon elle va réagir. Voici mon plan.

Sur la table de marbre, il écrivit :

Petit A. — Surveiller X, et par une interprétation rationnelle de quelques signes matériels, tels que : démarche, clins d'yeux, contraction et relâchement des vaso-dilatateurs produisant une rougeur subite du visage, acquérir une idée approximative de ses sentiments.

Petit B. — Amener Jacques Panier à reconnaître qu'il est platement amoureux.

— Ce sera difficile, m'écriai-je.

— Je m'en charge, dit Lemeunier. Laisse-moi faire.

— Maintenant, ajouta-t-il, c'est assez parler de fariboles. Je vais t'annoncer une importante nouvelle : figure-toi que hier, sur la plate-forme arrière du tramway Pharo-Chutes-Lavie (que j'avais pris d'ailleurs par erreur) j'ai découvert brusquement la clé de la troisième proposition de Fermat. La somme de deux carrés peut être un carré, la somme de deux cubes ne peut être un cube. Il y a deux cents ans que l'on cherchait cette démonstration.

— Un autre jour, dis-je, un autre jour. Il est maintenant trois heures, et mon service au jardin zoologique exige ma présence.

Je me levai, et en trois pas et un saut je fus sur le trottoir.

Tout au long de l'après-midi, j'étudiai les moyens de réaliser ce plan. Quatre jours après, j'en avais terminé avec le premier paragraphe, et je savais que la petite fille aimait Jacques Panier.

Je songeai alors au paragraphe suivant. Lemeunier avait dit :

— Petit B. — Amener Jacques Panier à reconnaître qu'il est platement amoureux.

Lemeunier s'en était chargé gaillardement. Mais pouvait-on se fier à un fou de cette espèce?

Un lundi soir, en février, je me promenais longuement sur la Plaine, en grillant la cigarette de la méditation. Je n'avais point parlé à Jacques depuis une semaine entière, mais, comme le lecteur le verra, j'avais sur lui quelques renseignements précis.

Il faisait grand froid lorsque je montai son escalier escarpé. Mais en ouvrant sa porte, sans aucune espèce de signe préalable, j'eus le plaisir de voir flamboyer un grand feu de bûches.

Jacques était accoudé à son bureau, les poings sous le menton. Mais il n'était point seul. Lemeunier se renversait en arrière dans un fauteuil complaisant; il considérait avec attention le bout de ses pieds, qui se dressaient sur le manteau de la cheminée. Les mains, inertes, pendaient jusqu'au parquet.

Sur un sofa, le docteur était assis. Il fumait un cigare au considérable diamètre, tout en exposant une théorie.

— Mon ami, disait-il, quel que soit le charme d'une femme de quarante ans, ne lui faites jamais une déclaration d'amour. Jamais! Non, jamais! Elle ne vous lâcherait plus. Evidemment, vous seriez son dernier amour; et quand vous voudrez la quitter — inévitable — elle vous reprochera effroyablement d'avoir brisé son avenir et dilapidé ses illusions. Tandis que si vous aimez une jeune femme, il se trouvera toujours un ami traîtreusement serviable pour vous en débarrasser. Croyez-moi, ne faites pas cette gaffe.

— Docteur, dis-je en refermant la porte, vous êtes immoral, mais vous avez raison. Quel est celui qui aime une femme de quarante ans ? Est-ce Lemeunier ou Jacques ?

— Personne, dit le mathématicien. Il dit ça pour le plaisir. Nous avons passé l'âge où l'on rêve des femmes un peu mûres. Il y a d'ailleurs une loi que j'exprimerai par une formule :

Age de l'amant + âge de l'amante = constante.

— C'est-à-dire ? demanda Jacques.

— Que la somme des deux âges est toujours égale à environ 62. Avec ma formule, tu vois qu'un individu de dix-huit ans aimera une femme de quarante-quatre ans ; à trente ans, il la voudra plus jeune, jusqu'à ce que, ayant atteint lui-même la cinquantaine, il côtoie quotidiennement la cour d'assises. Mais quelle heure est-il ?

— Il est au moins sept heures, dit le docteur avec assurance.

— Il est neuf heures et quart, dis-je.

— Dieu ! dit le docteur. On m'attend pour plâtrer un bras. Je n'aurai pas le temps de dîner. Au revoir. Bigre, bigre...

Sans un mot, Lemeunier rassembla ses membres éparpillés, se leva, prit son chapeau et le suivit.

Jacques était toujours à son bureau, très absorbé.

— Ce n'est pas à toi que seraient utiles les conseils du docteur, dis-je. Ce n'est point toi qui serais amoureux d'une dame chez qui le facteur des postes aurait quarante fois déposé l'annuel calendrier ! (Tu m'excuseras de la longueur de cette phrase, mais j'en ai souffert le premier au point de vue respiratoire.) Non, ce n'est pas toi qui voudrais cueillir un fruit trop mûr. Comme dans les beaux enterrements, tu ne reçois que des fleurs fraîches...

Immobile, accoudé sur la plaque de verre qui couvrait son bureau, il me regardait.

— Irénée, dit-il soudain, si tu n'étais venu ce soir, je serais allé chez toi. J'ai trop de choses à te dire. Mais, comme ce sont des choses assez ridicules, tu me permettras d'éteindre l'électricité.

Il tourna le commutateur. Seul, le feu mourant éclaira vaguement les pieds des fauteuils. Je m'installai commodément sur le sofa et je bourrai lentement ma pipe.

— Irénée, reprit-il, je suis un imbécile. Ce n'est pas d'hier que je déraisonne. Mais il y a peu de temps que je m'en suis aperçu.

« Bon début », pensai-je, mais je ne soufflai mot.

— Tu avais raison, pleinement raison. Je suis amoureux de la petite fille aux yeux sombres, et cela, depuis le premier jour où nous la vîmes. Ne crois point cependant que j'ai voulu te tromper quand je débitai, ici même, mille inepties. Je te jure que j'étais sincère et que j'étais plus à plaindre qu'à blâmer. Tu me connais. Tu sais combien je suis vaniteux : non point d'une vanité banale, mais d'une vanité philosophique. Je veux t'en donner un exemple en te contant une anecdote.

» J'avais neuf ans, et, sortant du lycée, un soir d'été, je montais le long de la rue Thiers, sur le trottoir de gauche. Je songeais à un accident que mon voisin de classe venait de me raconter : il avait vu un monsieur d'un certain âge assommé par la chute d'un alcarazas, et dans mon esprit d'enfant, je me demandais par quelle malchance il avait fallu que la promenade de cet homme croisât la perpendiculaire de ce récipient. J'avais entendu parler du destin. J'avais entendu les bonnes femmes dire : « Quand c'est votre heure... » J'eus le sentiment très net que nous n'étions pas libres.

» Bien entendu, ce n'était pas une conception ; j'étais bien jeune encore pour m'élever jusqu'aux idées pures. C'était un sentiment catégorique soutenu par des images concrètes ; je levai la tête et je regardai devant moi le chemin que j'allais parcourir.

» Je monterai tout le long de ce trottoir, pensai-je. J'en descendrai pour traverser la rue du Loisir. Puis, je ferai un petit détour pour éviter l'étalage de la marchande d'herbes ; c'est aujourd'hui le 16 novembre ; il est quatre heures dix ; eh bien, tout cela était prévu, décidé, réglé depuis longtemps. Ma volonté n'y a aucune part ; je suis un esclave, un esclave...

» Une colère froide m'envahit soudain ; je sentis

gronder en mon cœur d'enfant une haine farouche contre le maître inconnu.

» Non, me dis-je ; je ne veux point marcher jusqu'au bout de ce trottoir. Je ne passerai pas devant la fruitière ; je ne veux pas suivre le PROGRAMME. Je ne veux pas être un esclave !

» Délibérément, je traversai la rue ; je la redescendis sur le trottoir opposé, avec des écarts brusques et des bonds imprévus ; trois ou quatre fois je recommençai ce manège, les mains dans les poches, en sifflotant insolemment à l'adresse du Destin.

» Dans ma poche, mes doigts rencontrèrent un sou ; je songeai qu'il était destiné, dans le secret de mon cœur, à l'achat d'un bâton de réglisse ; avec un ricanement joyeux, je le jetai dans une bouche d'égout.

» Sur les cinq heures et demie, je rentrai chez moi ; ma mère était dévorée d'inquiétude ; elle me reprocha vivement ce retard ; je ne lui donnai aucune excuse ; je sentis qu'elle ne pouvait comprendre quel magnifique orgueil faisait étinceler mes yeux.

» Certainement, mon ami, cette petite comédie sur un trottoir de la rue Thiers fut certainement stupide ; il est certain que ma révolte elle-même, et les gestes qui l'exprimèrent, étaient précisément prévus et déterminés par l'infrangible enchaînement des causes et des effets ; mais je t'ai raconté cette aventure pour t'aider à comprendre mon état d'esprit. Je hais le MAITRE. Non point le maître matériel et extérieur, mais celui qui s'installe en nous ; je crains de devenir tout à coup le serviteur et la dupe d'une passion, d'un vice, ou seulement d'un instinct.

— Prétends-tu n'avoir ni passion ni vice ? m'écriai-je.

— Ceux que j'ai, me dit-il, je les ai acceptés. Il y a des vices agréables, parce qu'ils sont décoratifs ; d'autres, aristocratiques ; d'autres encore, attirants et mystérieux. En revanche, certains vices, certaines passions rendent ridicules leurs possesseurs, ou plutôt leurs possédés. Ceux-là, je veux les éviter ; parmi eux, je place au premier rang l'AMOUR, l'inesthétique, le grotesque amour...

— Il me semble pourtant que tu viens de m'avouer...

Il m'interrompit vivement :

— Oui, oui, dit-il ; je l'ai dit, j'aime la petite fille. C'est la pauvreté de notre langue qui me fit employer ce vocable burlesque. Il sert en toute occasion : « J'aime mon père ! » « J'aime le son du cor le soir au fond des bois. » « J'aime la pêche à la ligne. » « J'aime une jeune fille. » « J'aime les clovisses. » Il y a des nuances, Peluque. Il y a même des différences éclatantes... Donc, malgré l'emploi de ce verbe, ne va pas croire que je ressente le sentiment banal et risible qui fait la fortune du cinéma. Je ne suis pas le petit jeune homme idyllique, Irénée... D'autre part je ne porte en moi aucune espèce de désir brutal, je n'ai aucunement l'envie de fonder, avec sa collaboration, une nombreuse famille. Non, je le jure... Je pense très souvent à elle, et je suis très heureux de la voir passer; il me semble qu'il y a entre nous quelque chose de très simple et de très doux, une sorte d'amitié silencieuse... Le soir, je m'accoude à ma fenêtre, et je regarde au loin le toit de sa maison; tu peux le voir, là-bas, qui dépasse les autres, je songe qu'elle est là, qu'elle vit là, et je suis content.

» Et d'autres fois, la tête entre les mains, je ferme les yeux et je rêve... Je suis dans la nuit sidérale, la vaste nuit des espaces stellaires; je vois la ronde des planètes, des grosses planètes bleuâtres, qui tournent en filant le long de leurs orbites, et creusent des tunnels dans le cœur du silence...

» Et soudain, comme dans le sonnet de Laforgue, je cherche des yeux la Terre, notre terre. Elle est mi-jaune, mi-bleue, comme un habit de Carnaval; sur la grosse boule, je cherche une ville; au cœur de la ville, je cherche une rue; et dans cette rue, je la vois, elle, si frêle et si momentanée, si atomiquement petite sous la cloche de son chapeau, à côté de l'énorme féerie. Et je méprise tout le reste; j'oublie les soleils vertigineux et les planètes colossales; et je songe que la prunelle des yeux est plus vaste pour moi que l'infini des mondes.

Je songeais : « Ça devient vraiment poétique; et si je ne l'arrête, il va continuer longtemps sur ce ton... »

Tandis qu'il entamait un nouveau développement, je songeai, non sans surprise, que Lemeunier avait tenu sa promesse. Jacques m'avouait — avec quelques réserves toutefois — qu'il aimait la petite fille. Comment ce fou mathématique avait-il obtenu un tel résultat ? Quoique ignorant ma pensée, Jacques me renseigna aussitôt.

— D'ailleurs, dit-il, si je l'aimais banalement, tu me verrais en ce moment même rongé de jalousie.

— De jalousie ?

— Eh oui ! Puisque la jalousie est la conséquence grotesque d'un amour malheureux. Tu me verrais agité de violents transports, et plein d'une haine fielleuse contre ce jeune imbécile...

» Ah ? Tu ne sais pas ? Lemeunier connaît la petite fille. Etant en ma compagnie, il l'a vue et l'a remarquée. Il vient de m'apprendre que jeudi dernier, elle se promenait au parc Borély, dans une allée solitaire. Un grand flandrin très brun, aux cheveux frisés, l'accompagnait...

— Ceci est nouveau ! m'écriai-je. (En même temps, par une télégraphie télépathique, j'adressai à Lemeunier plusieurs messages de félicitations.) Qui t'a fait de ce jeune homme cette description ?

— Je l'ai vu moi-même, me dit-il. Il la suivait dans la rue, précisément le jour où j'étais en compagnie de Lemeunier.

» Il a de forts petits yeux, un sang pauvre de dégénéré circule à peine dans ses oreilles transparentes. Mais il garde un air paisible et satisfait, et

ne semble point souffrir du crétinisme dont son
visage porte les stigmates...

— Bah ! dis-je, l'amour est aveugle.

Il pâlit un peu, toussota, et haussa les épaules à
plusieurs reprises.

Je pris avec une grande hypocrisie mon air le
plus naturel.

— Du moment que tu n'es pas jaloux, dis-je,
c'est que tu ne l'aimes pas. La preuve en est
maintenant faite.

— Moi, jaloux ? dit-il en ricanant. Dieu merci !
J'éprouve seulement quelque dépit. Il m'est pénible, je l'avoue, que la petite fille, à qui j'avais voué
une amitié aussi rare, se plaise à la compagnie
d'un dégénéré... D'ailleurs, dit-il d'un ton détaché,
je ne la crois pas très intelligente. Elle a le front
bas... elle a...

— Jacques, dis-je, je ne pense pas qu'elle aime
cet individu.

— Et pourquoi ? demanda-t-il vivement. As-tu
quelque raison de...

— Silence, je vais disserter ; j'allume ma pipe.
Je vais parler. Je parle. J'avoue que je ne sais
comment appeler le sentiment que tu nourris ; il
diffère notablement de l'amour, quoique nous en
soyons, par l'indigence de la langue, réduits à user
du verbe aimer. En revanche je crois pouvoir te
dire quelles sont, à ton égard, les dispositions de la
petite fille...

Il s'anima soudain.

— Comment cela ? dit-il, de quelle façon ?

— Très simple... Très simple...

A ce moment, la porte s'ouvrit. Félix-Antoine Grasset entra, sous un large feutre gris. Son pardessus croisé faisait ses épaules carrées... Il portait à la main une botte de longues cosses marron ; je reconnus des caroubes, qui sont comme de grands haricots à demi secs, pleins de graines et de miel, et que l'on donne à manger aux chevaux. Il les jeta sur le bureau, s'assit dans un fauteuil, et, sans dire un seul mot, se mit à sucer les cosses. D'ailleurs, c'est à peine si Jacques remarqua son entrée.

— Eh bien ! reprit-il, avec une vive impatience. Que sais-tu ? Comment pourrais-tu savoir...

— Je t'ai suivi. Je l'ai suivie. Je vous ai suivis...

— Est-ce un exercice de grammaire, dit Grasset, ou un roman policier ?

Jacques ne répondit pas mais il fit un pas vers moi.

— Beaucoup de choses. J'aime par exemple, que la petite fille passe toujours par le même chemin ; elle y passe aux mêmes heures. Elle t'y rencontre cinq fois le jour. Si ta vue lui déplaisait, il lui serait facile de modifier son itinéraire... J'en conclus qu'elle aime te rencontrer.

— Ceci est peut-être juste, s'écria Jacques avec une conviction joyeuse. Il y a là quelque chose qui m'a frappé...

— Qu'en penses-tu, Grasset ?

Le poète tourna vers nous une face sans expression.

— Je ne pense pas, dit-il. Je mange des caroubes.

— Poursuivons, repris-je. Quelques minutes avant d'arriver sur les lieux de la rencontre, la petite fille fait — si j'ose ainsi parler — sa toilette. Elle passe d'abord un doigt sur ses sourcils : puis, profitant des vitrines, elle rajuste son chapeau ; elle arrange les mèches frisées qui en sortent ; alors, elle règle l'exacte coïncidence de sa robe et de sa chemisette en glissant une main dans son dos ; enfin, elle s'avance en mordillant ses lèvres, pour en raviver la couleur... (Rouge économique des petites bourgeoises.) Tout cela est très significatif.

Il se leva, les mains dans les poches. Je devinai sa joie intérieure.

— C'est tout ! dit-il. Sa voix vibra comme une plaque d'or.

— Lorsqu'elle arrive près de toi, elle feint de ne pas te voir ; mais l'on sent en elle quelque chose, qu'un homme qui aime les femmes — tel que moi — découvre infailliblement : la volonté de beauté, le désir d'être belle à un moment donné devant un homme particulier. Jacques, j'ai connu à ce signe que la petite fille t'aime...

Il ne dit rien, tout d'abord, et alla s'asseoir dans un fauteuil près de la cheminée. Puis, se tournant vers Grasset :

— Quel est ton avis, psychologue ?

— Mon avis, dit Grasset, est d'une lumineuse simplicité : si vous ne vous hâtez pas de manger de ces caroubes, il ne vous en restera point.

Et il entama une nouvelle cosse.

— Il y a d'autres signes encore, repris-je. As-tu remarqué, lorsque la petite fille est avec une amie, qu'elle ne se retourne jamais ? Tout au contraire... Elle parle à sa compagne avec une grande volubilité, afin que celle-ci ne te remarque point. Si la petite fille ne t'aimait pas, Jacques, il y a belle lurette qu'elle eût conté la chose à ses amies... Elle les eût amenées à tour de rôle pour jouir du coup d'œil, et te rire au nez... Ma conclusion est nette : de quelque nom que l'on appelle ce que tu ressens, le sentiment qu'elle nourrit pour toi se nomme banalement et adorablement : amour.

A ce moment, Grasset interrompit son étrange repas, se mit à tousser violemment. Nous le regardâmes avec surprise : la quinte s'acheva par un éclat de rire inexplicable.

Jacques ne se tenait plus de joie... Il tira de son buffet une bouteille ventrue et trois petits verres.

— Que faut-il que je fasse ? me demanda-t-il.

— D'abord, tu vas me laisser remplir ces verres ; ensuite je te poserai une question.

Je lui tirai la bouteille des mains, et je versai la liqueur dorée avec une prodigalité parcimonieuse. (Expliquons cette alliance de mots : je n'en répandis pas une seule goutte, et pourtant les verres étaient si magnifiquement pleins qu'ils mettaient en évidence le phénomène de la capillarité.)

— Jacques, m'écriai-je, quel est ton but ?

Il parut fort indécis.

— Veux-tu lui parler ? repris-je.

— Peut-être... dit-il après un instant de réflexion. Je voudrais surtout entendre sa voix... Tu ne peux imaginer combien je désire entendre sa voix.

Ce désir se peut aisément satisfaire : aborde-la dans la rue.

— Ah non ! s'écria-t-il. Cela jamais !

— Veux-tu que je l'aborde pour toi ? Je pourrais lui remettre un billet.

— Es-tu fou ? dit-il violemment. Ces façons-là sont banales, bêtes, vulgaires. Je réfléchirai... je trouverai...

— Je pense que le monsieur aux cheveux frisés ne réfléchira pas si longtemps, dis-je avec une pointe de malice.

Il pâlit un peu, puis demanda :

— Est-ce que tu l'as vu, toi, cet individu ?

— Jamais, dis-je. Mais nous reprendrons demain cette conversation. Après tout rien ne presse. J'ai donné deux rendez-vous pour ce soir, dix heures... Tu me permettras de fuir : je n'ai que le temps de courir chez Hippolyte...

Ayant vidé mon verre et pris mon chapeau, je m'en fus... Tandis que je descendais les escaliers, Jacques, penché sur la rampe, me dit :

— Il est probable que j'irai te voir demain, sur les dix heures, au jardin zoologique.

— Fort bien, fort bien... Je t'attendrai...

Je ne sus que plus tard ce qui s'était passé après mon départ. Mais, pour la commodité du lecteur, je vais le transcrire ici.

Dès que j'eus refermé la porte, Jacques vint s'asseoir en face de Grasset.

— Que penses-tu de tout cela ? lui demanda-t-il pour la dixième fois.

Le poète se mit à rire amèrement ; puis, tournant vers le libraire un œil chargé de pitié, il dit simplement :

— Je pense que Peluque se moque de toi.

— Quelles sont tes raisons ? s'écria Jacques, presque agressif.

— Mes raisons sont simples et solides. (Mange donc des caroubes.) Elles n'ont rien de commun avec les sophismes dont te berce un mauvais plaisant.

Jacques se mit à ronger l'ongle de son index. Puis :

— Où vois-tu un sophisme ?

— Au fait, répliqua le poète, ce ne sont même pas des sophismes, mais simplement des affirmations gratuites, et que répudie le bon sens.

Tirant de sa poche un étui de cuir, il ajusta son lorgnon.

— Raisonne un instant, si toutefois tu en es capable. Peluque voit une preuve d'amour dans le fait que la jeune fille ne change ni ses heures, ni son itinéraire.

— C'est un fait, dit Jacques avec force. Tu pourras constater...

— Alors, vraiment, toutes les femmes qui sont suivies par un imbécile vont lui céder la place ? Elles s'interdiront une rue parce qu'un coquebin s'y promène tous les jours ? Cette prétention est grotesque. Si la jeune fille en question continue à passer par le boulevard, c'est qu'elle n'a pas déménagé. Et j'y vois même une preuve de son absolue indifférence à ton égard. (Mange donc des caroubes.)

Jacques se rembrunit, et, machinalement, se mit à sucer une cosse.

— Deuxième preuve : la petite fille se regarde dans les vitrines. Tout de bon, mon ami, y songes-tu ? Il suffira qu'une femme, en passant devant un magasin, jette un regard vers son image, pour qu'il soit prouvé qu'elle aime Jacques Panier. Te voilà bien des amours en perspective !

Jacques fut décontenancé par l'éclat de rire qui suivit ce persiflage. Il se mit à rire, lui aussi ; mais il était visible qu'il riait, comme disent les Anglais, du mauvais côté de la bouche.

— Poursuivons, reprit Grasset. La petite fille par une innocente coquetterie se mordille les lèvres, donc elle t'aime.

» Autre preuve : la petite fille qui passe quelquefois avec une amie, bavarde avec celle-ci ; elle ne rit pas de toi, elle ne te montre pas du doigt en se frappant la cuisse, comme une fille de fabrique : donc elle t'aime ! Mais non, mon pauvre ami, cela prouve simplement qu'elle a de l'éducation, et qu'elle sait se tenir dans la rue.

» Enfin, Peluque a vu très distinctement en elle la « volonté de beauté ». Il a vraiment de bons yeux ; sa pénétration psychologique est sans doute fort grande... Toutefois, je m'explique mal pourquoi, lorsqu'il s'agit de ses propres affaires, il lui arrive de se tromper...

Le poète prit un air goguenard.

— En quelle occasion? demanda Jacques.

— Avant-hier, il s'est permis d'embrasser une fort jolie femme qui, amusée par ses pitreries, semblait l'écouter volontiers.

» Avait-il senti en elle la fameuse volonté de beauté? Je l'ignore; la dame l'a remercié de cet hommage par une série de gifles comparables pour le bruit à des applaudissements. La chose est venue aux oreilles du mari. Cet homme est d'un commerce rude; il recherche Peluque pour lui envoyer son pied au derrière. Voilà une « volonté de botter » sur laquelle notre philosophe ne se trompera point...

Lorsque Jacques entendit Grasset faire un jeu de mots, il fut troublé. Lorsqu'il l'entendit de nouveau, il le fut bien davantage, et se trouva incapable de la moindre réponse. Il sentit que le déplorable poète avait raison; l'espoir qui, tout à l'heure encore, faisait briller ses yeux, laissa la place à l'amer découragement... Et Grasset reprit :

— Les raisonnements de Peluque sont comparables au syllogisme qu'il aime à citer : ce bateau a cinq cheminées, et l'hélice est en cuivre mou · DONC le capitaine a trente ans.

Il prit la dernière caroube, et versa dans son verre un peu de liqueur.

— Permets-moi de te parler franchement. Nous

sommes deux vieux amis, et tu sais que je t'aime comme un frère. Eh bien : tu joues depuis six mois le rôle d'un imbécile. Tu es amoureux de cette fille ; ce point est indiscutable. Cet amour, s'il était partagé, te mènerait droit au mariage, c'est-à-dire à la catastrophe. Heureusement, la petite fille ne t'aime pas. Sais-tu ce que tu vas faire ? Prépare ta bonne valise de cuir, garnis-la de chemises, de chaussettes et de caleçons. Il y a un express à 8 h 55 du soir : le directeur de ta maison d'éditions aura certainement quelque tournée à te confier : va de préférence à l'étranger. Tu verras du pays, tu retrouveras sans trop de peine ta raison perdue. Adieu, mon vieux. Je serai demain mardi, à huit heures sur le quai de la gare Saint-Charles. Si tu veux un portefaix, je te recommande Denis. Il se tient au pied du troisième platane à partir de la rue Saint-Savournin, sur la Plaine.

A ces mots, il prit son feutre et sortit. Jacques, les coudes sur les genoux, les poings aux tempes, écoutait siffloter le doute sur l'ocarina du désespoir.

Le lendemain matin, sur les huit heures, j'étais à mon poste, au jardin zoologique.

Par modestie, j'ai peu parlé jusqu'ici de moi-même et de mes pittoresques fonctions.

Mon rôle était, à la vérité, assez humble pour qui le mesure au compas banal d'un esprit bourgeois ; je n'avais que le soin et la responsabilité de deux grandes cages aux épais barreaux, et de leurs magnifiques pensionnaires.

Chacune de ces cages était divisée en deux compartiments, par une grille médiane. La première contenait, d'un côté, le lion, de l'autre la lionne.

Le mâle était de grande taille, mais d'une maigreur fiévreuse, qui faisait saillir des cordes et des pelotes de muscles au long de ses pattes et de son dos. Sa crinière auréolait de roux un mufle aux noires babines, qui parfois se crispait horriblement. Cette bête semblait ne devoir jamais s'accommoder de sa captivité. Je l'aimais particulièrement, à cause de sa fierté sauvage. Lorsqu'il errait, à son habitude, le long des barreaux, laissant pendre sa langue rugueuse et lourde, j'aimais à m'asseoir à quelque distance, sur la fraîcheur du gazon tondu. Et le considérant d'un œil presque fraternel, je lui parlais amicalement, sous le beau soleil de la matinée.

Je lui ai dit ainsi beaucoup de mal de mes semblables, et particulièrement de mes amis... Il parut, au bout de quelque temps, écouter ma voix avec un vague plaisir. Il s'allongeait, dans l'attitude sculpturale du Sphinx, et, les oreilles droites, il écoutait le son des médisances dont il ne s'assimilait point le sens. Toutefois, et malgré son évidente amitié, je crois qu'il eût assimilé plus aisément les matières azotées et les hydrocarbures qui composaient la substance de son éloquent gardien...

Dans l'autre moitié de la cage, la lionne promenait son indifférente mélancolie. Son poil était ras, ses formes lourdes. Elle montrait peu d'impatience, et dormait longtemps d'un air paisible, le mufle posé sur ses pattes allongées. Mais son œil mi-clos ne disait rien de bon, et je la sentais plus farouche et plus dangereuse mille fois que son fiévreux voisin.

Ils se regardaient parfois longuement, à travers les barreaux qui les séparaient, et leurs yeux soudain amincis disaient le regret des randonnées amoureuses, épaule contre épaule, sur les sables rouges du désert natal.

L'autre cage contenait un tigre et une panthère, dûment séparés, eux aussi, par une double grille.

Ces deux pensionnaires charmaient en moi l'artiste par la grâce de leurs lignes, la souplesse facile et fondue de leurs mouvements silencieux, par la richesse des tons de leurs fourrures lustrées. Mais je voyais briller dans leurs prunelles d'agate l'irréductible égoïsme et l'avidité féroce contre quoi rien ne saurait prévaloir...

Chaque matin, mon travail consistait à balayer ces cages, tandis que grâce à un jeu de portes que je manœuvrais de l'extérieur, leurs habitants demeuraient enfermés dans une sorte d'arrière-cage. Cette besogne terminée, je sortais des cages soigneusement closes, et j'y laissais entrer les bêtes. Puis, par une nouvelle manœuvre, je refermais la grille de l'arrière-boutique, et je pouvais à loisir nettoyer ces deux caveaux, où l'odeur des fauves me prenait à la gorge.

J'ai souvent réfléchi, en maniant la raclette, à l'aventure de ce brave Androclès : s'étant réfugié dans une caverne, il fut très surpris quand il vit paraître à l'entrée le mufle d'un lion qui en était l'ordinaire habitant. Cette surprise me paraît difficilement admissible et ne peut être expliquée qu'en admettant, chez cet esclave, un effrayant coryza... Mais c'est une digression.

Le nettoyage m'occupait pèndant la matinée entière, c'est-à-dire de huit heures à onze heures trente.

A mon retour, vers deux heures de l'après-midi,

un charretier taciturne m'apportait de ses mains
sanglantes le quartier de cheval quotidien. Alors,
je troquais le scalpel du psychologue (métaphore)
contre le coutelas du boucher (réalité matérielle).
Avec une intelligente injustice, je découpais quatre
parts inégales, que je distribuais à mon gré. Je
goûtais ainsi la joie principale du pouvoir, qui
n'est rien d'autre que la possibilité d'être impuné-
ment injuste.

Enfin, je devais, chaque soir, renfermer dans
leurs tanières les quatre fauves dont je répondais...

Ce matin-là, vers les neuf heures, je me prépa-
rais à entrer dans ces mêmes tanières — préalable-
ment débarrassées de leurs occupants — lorsque
Jacques Panier m'interpella.

Il était accoudé à cette barrière qui protège à
peine les animaux contre la férocité du public. Je
scrutai l'horizon : personne ; nous pouvions à
notre aise piétiner le règlement.

— Saute donc par-dessus cette grille, et viens
avec moi, dis-je.

Il me suivit, nous entrâmes dans l'arrière-cage
du lion. La senteur âcre de la bête et l'odeur fade
de la viande se mêlaient agréablement.

Avec ma raclette à long manche, je me mis à
racler le sol de ciment.

— Eh bien, Jacques, as-tu bien dormi, après la
bonne nouvelle que je t'apportai hier soir ? Es-tu
enfin éclairé sur l'état de ton cœur ? As-tu pris une
décision ?

Il me parut assez sombre.

— Je n'ai rien décidé, me dit-il, et d'ailleurs, je n'ai aucune décision à prendre. Si tu veux me faire plaisir, ne me parle plus jamais de tout cela. Je suis excédé, ex-cé-dé ! Je viens de voir avec terreur que j'ai gaspillé sottement six mois de ma vie ! Six mois à m'occuper d'une enfant banale, qui n'a aucun titre à retenir mon intérêt. Je pars cet après-midi pour un petit village où se dresse la maison de campagne de mon père. Je vais me mettre au travail tout de suite, car j'ai une idée qui peut faire un roman.

Je fus très étonné ; je le considérai une seconde, et je dis :

— Tu es venu cependant me chercher pour rencontrer la petite fille à onze heures...

Il haussa les épaules.

— Je suis venu simplement te dire adieu ; une voiture m'attend à neuf heures et demie devant le Palais Longchamp. Il est neuf heures vingt. Au revoir. S'il te plaît de me rendre visite un dimanche, tu seras le bienvenu.

Il me serra la main avec force, et sortit d'un pas décidé. Je le suivis, stupéfait, tenant ma raclette d'une main, mon balai de l'autre. Il sauta la barrière, et s'en alla. Lorsqu'il arriva au bout de l'allée, il s'arrêta une seconde et, se tournant, me fit un signe de la main. Puis il disparut.

Je demeurai quelques minutes incapable d'un mouvement. Eh quoi ! Etait-ce là le résultat de mes encouragements ? Alors que je l'avais laissé, la veille au soir, tout rose d'espérance, je le voyais s'enfuir d'un air accablé ? Je compris tout à coup le rôle de Grasset, et je devinai qu'il avait mis à profit mon absence pour réaliser son plan. Nous tendions tous deux au même but : la guérison de Jacques. Mais tandis que je me proposais de joindre, par n'importe quel moyen, ces deux tourtereaux, le maléfique poète s'efforçait de les séparer pour jamais...

Très certainement sa méthode nous eût amenés au résultat recherché : il n'y a que les petits garçons ou les petites filles pour croire l'amour éternel. Une séparation prolongée détruit n'importe quel amour. Mais un rapprochement et la satisfaction du désir amoureux est un remède bien agréable, et beaucoup plus rapide.

Un amour heureux dure six mois ; un amour malheureux peut durer six ans.

(Il y a un type qui a déjà mis ça en musique ; ça s'appelle « Plaisir d'amour ». Il va un peu loin, quand il dit que « Chagrin d'amour dure toute la vie ». Mais comme ce sont des vers, il était obligé d'exagérer. En prose, je dirai : Plaisir d'amour ne dure qu'un moment, chagrin d'amour dure presque le double.)

Une grande tristesse m'envahit quand je songeai au regard morne de Jacques ; un vif dépit m'aiguillonna quand je songeai que le poète avait obtenu un résultat immédiat, et qu'il m'avait, pour ainsi dire, coupé l'herbe sous les pieds. (Cette expression m'a échappé, j'en profite pour dire que je la trouve idiote. Si le plus habile faucheur du monde tentait une opération de ce genre, il aurait beaucoup plus de chance de couper le pied sur l'herbe que l'herbe sous le pied.)

Tandis que je terminais le nettoyage de l'antre léonin, je réfléchis longuement; et ce fut au moment même où je transportais au-dehors une côte de cheval, que je pris une résolution hardie et définitive, en moins de huit jours, elle devait me conduire au succès.

L'après-midi, j'allai chez Lemeunier, afin de savoir si la petite fille avait vraiment une intrigue avec ce jeune homme frisé. Lemeunier n'était point chez lui. Mais comme je descendais les allées de Meilhan, j'eus la bonne fortune de le rencontrer.

Il chevauchait une énorme moto rouge, qui pétaradait affreusement. Sur sa tête, un casque de cuir. Aux mains, des gants velus. Il portait un costume de cuir noir, et une paire de lunettes presque aussi proéminentes que des jumelles de théâtre.

Comme il allait passer, je me mis au bord du trottoir, et lui fis un grand bras. Il me répondit d'un signe de tête, pétarada de plus belle, et s'envola vers les Réformés. Mais deux secondes plus tard, il revenait vers moi comme un tonnerre. A dix pas, il bloqua ses freins, pour la plus grande stupéfaction des badauds, qui se condensèrent rapidement. Puis, par un dernier soubresaut du moteur, il lâcha en mon honneur un manifique pet de fumée blanche.

— Un mot, lui dis-je.

Il se rangea au bord du trottoir, et me montra sa machine.

— Hein ? Elle est belle ? Et puis, elle fait un bruit ! Et quelle fumée ! Splendide !

Il jubilait.

— C'est un véhicule égoïste, dis-je.

— Je ne veux pas de side-car, dit-il avec feu. Ah non ! Ne vois-tu pas que le side-car est un véhicule anti-rationnel ? Anti-esthétique ? Conjugal ?

— A propos, qu'y a-t-il de vrai dans cette histoire du jeune homme frisé que tu as racontée à Jacques ?

— Ça a réussi ?

— Assez bien.

— C'est une invention, naturellement. Viens-tu faire un tour ? Mets-toi sur le porte-bagages. Tu vas voir ça : du bon 90.

Je refusai avec de grands remerciements.

— Tu as peur de perdre ton chapeau ? demanda-t-il (cependant, d'un grand coup de pied, il remettait le moteur en marche).

— Pis que cela, dis-je. Mais je craindrais d'obliger mes amis à signer sur un registre, dans la pénombre de mon corridor.

Il disparut soudain dans un nuage de fumée : non point suivant la coutume des dieux et des génies, mais bien plutôt à la manière d'une infecte et suffocante mouffette.

Sa déclaration m'avait rassuré; la petite fille n'avait point d'intrigue; le champ était libre... Il me fallait, dans le plus bref délai, me mettre en relation avec elle.

Je songeai que la connaissance de son nom pouvait m'aider beaucoup. Nous avions peut-être des relations communes qui faciliteraient une entrevue... J'allai donc m'asseoir dans une brasserie, entre un bock et un guide volumineux.

Ce guide m'apprit qu'un grand nombre de familles logeaient au numéro 112 de la rue du Jardin-des-Plantes. Je lus, dans l'ordre:

Castel, entrepreneur. Trouillasse, charcutier. Pelquet, employé de commerce. Ferret, architecte diplômé. Thévenard, courtier en immeubles. Aucune profession n'était indiquée pour les suivants: Bernard, Périer, Sidony, Vauquier, Rainette, Lhermet, Rébert et Chaumet.

Quel était le nom de la petite fille? Je rassemblai toutes les ressources de mon esprit, et je bus coup sur coup deux verres de vieux rhum. Puis, m'étant retiré dans la fumée de ma pipe, je commençai ma recherche.

J'écartai de prime abord le charcutier Trouillasse. Une aussi charmante enfant ne pouvait être la fille de l'honnête marchand d'andouilles, à peine descendu de l'Auvergne natale. J'écartai ensuite Sidony. Ce nom-là ne me disait rien. J'examinai un instant Thévenard... Pas mal, Thévenard. Mais non. Ce n'est pas cela. Pourquoi ? Parce qu'elle n'a pas l'air... Thévenard, voilà tout.

Pour les noms suivants, je me répétai à haute voix, écoutant passer les syllabes. Ainsi font les voleurs, qui, pour ouvrir un cadenas à secret, écoutent passer les lettres devant le point d'ouverture.

— Pelquet... Pel-quet... Si Mlle Pelquet existe, c'est une brune olivâtre, de mauvais caractère, et confite en dévotion. Ce n'est pas cela. Vauquier... Vau-quier... C'est un nom de vieillard célibataire. Il ne peut pas avoir une fille de dix-sept ans. M. Vauquier est un homme à la forte carrure, aux favoris blancs. Il est minutieux, asthmatique, et peut-être insolvable. Ce n'est pas Vauquier. Rainette... Mlle Rainette, étudiante en pharmacie... Ça ne fait pas bien. Mlle Rainette, si elle existe, porte des lunettes et brode des pantoufles. Elle a plus de trente ans, et je la crois vicieuse. N'insistons pas. Périer ? Non. Si ce nom avait deux r, je douterais. Mais avec un seul r, c'est impossible... Tandis que Castel... C'est un peu ça, Cas-tel... Il y a vraiment quelque chose... Mais il me semble apercevoir comme un reflet blond... Ah! Ferret! Eh oui, parbleu! Ferret en anglais veut dire furet... Un furet a des dents pointues, comme la petite fille... Un furet a des yeux noirs et brillants... Ferret... Et puis, on sent dans ce nom une sorte de timidité... La petite fille s'appelle Mlle Ferret. Aucune erreur n'est possible à ce sujet.

Je songeai alors au moyen d'entrer en relation avec son père, sous un quelconque prétexte. Mais cet homme était peut-être bourru, ou taciturne? Par qui pouvais-je l'approcher? Et puis, si je réussissais, avec la pince de l'astuce, à fracturer son amitié, je craignais de me sentir assez gêné. Quand on a vu des gens chez eux, dans l'intimité de la famille; quand on a fumé le tabac du père, et goûté les confitures de la mère, on est vaguement pénétré de morale bourgeoise. Au moment de glisser le billet fatal, ou de dire dans un coin le mot décisif, on est englué de scrupules et le meilleur pousseur de bottes sent qu'il perd tous ses moyens; il est préférable de ne point connaître les gens dont on détourne la fille.

Que faire? Aborder cette enfant sans plus de formalités. La découverte de son nom ne me servait de rien, et j'allais refermer le guide avec mépris, lorsque je m'aperçus qu'il me donnait un précieux renseignement : M. Thévenard, courtier en immeubles, habitait dans la maison... C'est-à-dire que muni d'un prétexte plausible, tel que la location ou l'achat d'une maison de campagne, il m'était permis de me trouver dans ce corridor à n'importe quelle heure de la journée.

Je refermai amicalement le serviable indicateur, et avec une reconnaissance respectueuse, je le rendis au garçon de noir vêtu.

Le lendemain était un mercredi, et mon repos hebdomadaire tombait ce jour-là ; c'est pourquoi je ne quittai point mon lit avant dix heures du matin.

D'une main légère et minutieuse je rasai mon visage, dont le teint frais publiait une longue nuit de repos. Ayant choisi un faux col immaculé, je le complétai par une cravate de soie grise. Enfin j'adaptai à mes manchettes glacées des jumelles en or massif, souvenir inoxydable de mon grand-père défunt.

Je demandai alors à ma mère stupéfaite deux brosses et un jonc, pour chasser la poussière de mon costume. Je compris vite que cette entreprise était importante, car au troisième coup de baguette, un nuage si considérable emplit la chambre que je m'attendis à voir apparaître Jupiter tonnant. Ma mère, incompréhensiblement indignée, me tira des mains le jonc, la brosse et l'habit, et s'en fut dans le jardin achever, si j'ose ainsi dire, ce combat.

Mon chapeau de feutre connut, ce jour-là, l'amitié frôleuse des brosses : en une demi-heure, elles lui firent perdre la moitié de son poids.

Quand je l'eus campé sur ma tête, quand j'eus boutonné le troisième bouton de mon veston à la dernière mode, je pris mon stick et mes gants gris perle, et sans prendre en considération la sournoise étroitesse de mes souliers vernis, je m'en fus en souriant.

Elle eut un instinctif mouvement de recul. (Ça m'embête d'écrire cette phrase, parce qu'on la voit dans tous les romans. Mais le fait est exact; comment l'exprimer?) Puis, m'ayant regardé, malgré la pénombre du corridor, elle me reconnut. Ses paupières battirent, ses pommettes s'empourprèrent.

— Monsieur, dit-elle... Mais elle ne continua pas.

— Vous me reconnaissez, n'est-ce pas? Vous savez que je suis l'ami de Jacques. Je voudrais vous parler de lui. Puis-je vous revoir ailleurs que dans ce corridor? J'ai tant de choses à vous dire...

— Non, non, dit-elle à voix basse. Je ne vous connais pas, si mon père savait... Je ne sais pas ce que vous voulez dire...

Elle s'efforça de passer; je la retins avec douceur.

— Ne craignez rien, Jacques vous aime, vous l'aimez, je le sais. Tout est pour le mieux. Je serai cet après-midi à partir de trois heures au jardin de la Colline, en haut du cours Pierre-Puget. Je vous attendrai autant qu'il sera nécessaire. Il n'y a rien de mal à bavarder dix minutes dans un lieu public...

Elle était extrêmement troublée.

— Monsieur, il est inutile... Non, vous vous trompez... ne comptez pas...

— Mademoiselle, j'entends un pas qui descend ; je vous quitte donc. Si vous aimez Jacques, venez ce soir. Il ne sera pas avec moi, car il est gravement malade. Je vous attendrai patiemment. Adieu.

J'ouvris la porte et m'en fus au plus proche café. Comme je franchissais le seuil, il y eut en moi une vive discussion entre l'ivrogne, le bon vivant, l'hygiéniste et le sportsman, pour savoir si je pouvais boire un petit verre d'alcool. Le premier tour de scrutin se termina par un ballottage ; mais le barman, en me demandant ce que je voulais boire, me rappela que j'y étais obligé par ma seule présence en ce lieu : ce qui trancha le débat.

L'après-midi, je montai au jardin de la Colline, qui se trouve en haut du cours Pierre-Puget. A trois heures précises, j'y arrivai et je choisis un banc bien protégé par des massifs et qui me permettait de surveiller l'entrée.

J'étais bien sûr que la petite fille viendrait. Mais, prévoyant un certain retard, j'avais dans ma poche une toute petite édition d'Homère, que je relis parfois avec plaisir — en français, bien entendu.

Je me félicitai de cette lecture car, ouvrant au hasard le poème, j'y fis en quelques minutes une petite découverte.

C'est au début de *l'Iliade.* Le vieux Priam, qui se promène sur les remparts, s'appuie à l'épaule d'Hélène, sa bru, et lui parle avec une touchante douceur. Il lui dit, en substance :

« Voici l'armée des Grecs, qui vient pour prendre notre ville. Je prévois que tout ça tournera mal pour nous... Enfin, ce n'est pas une raison pour ne plus causer. Toi qui as connu tous ces Grecs, au temps où tu vivais parmi eux, dis-nous un peu les noms de ceux que nous voyons là-bas. »

La belle Hélène lui nomme Agamemnon, fils d'Atrée, puis Ulysse, roi ingénieux et fort. Et le sage Antenor, qui a eu l'occasion de voir de près le roi d'Ithaque, nous donne sur son physique ce détail précis :

« Tant qu'ils étaient debout, Ménélas dépassait Ulysse de ses larges épaules ; quand au contraire tous deux s'asseyaient, Ulysse était beaucoup plus grand. »

O révélation curieuse !... Ainsi donc Ulysse, homme de taille moyenne, devenait grand dès qu'il s'asseyait ?

On ne pouvait le dire avec plus de délicatesse : le roi d'Ithaque était ce que l'on appelle aujourd'hui, dans la langue vulgaire, un bas-de-cul... O la belle, l'unique, la majestueuse périphrase... O génial chanteur de Kyme... Comme tu sais humaniser tes héros, et nous les rendre proches...

J'en étais là de mes pensées, lorsque je vis à quelques mètres de moi, la petite fille qui s'avançait en rougissant. Je me levai, mais de crainte d'attirer les regards, je n'ôtai point mon chapeau.

— Mademoiselle, lui dis-je, je suis très heureux de vous voir ici, où nous pourrons bavarder un moment. Ce banc est amical, et si vous voulez vous y asseoir quelques minutes...

— Monsieur, dit-elle (elle regardait avec inquiétude autour d'elle), je n'ai pas beaucoup de temps. Je suis venue... pour vous dire qu'il vaut mieux... en rester là... Il est impossible...

— Rien n'est impossible, mademoiselle, si vous voulez vous asseoir sur ce banc...

Elle me regarda une seconde, puis s'assit. Je pris place à côté d'elle, affirmant mon respect par une distance de cinquante centimètres.

— Mademoiselle, repris-je, je ne vous demande même pas votre nom ; quant au mien, il ne saurait vous intéresser. Je vous dirai seulement que je suis l'ami intime, presque le frère, de ce jeune homme que vous rencontrez tous les jours. D'ailleurs vous le savez déjà.

Ses longs cils battirent.

— Depuis six mois, il vous aime ; il vous aime éperdument, d'une passion profonde et silencieuse qui a supprimé en lui tout autre intérêt ; ses amis, qui prenaient une grande place dans sa vie, ont perdu soudain toute leur importance ; et moi-même, je ne suis plus rien ; si je veux être écouté, il me faut lui parler de vous...

Son visage s'éclaira d'une joie intense qu'elle s'efforçait de contenir. Elle se mit à boutonner son gant, sa main tremblait.

— Depuis quatre jours, vous ne l'avez pas vu.

— Depuis samedi à midi, dit-elle. Puis elle rougit brusquement de cet aveu.

— Est-il gravement malade ?

— Non, mademoiselle ; si je vous ai dit à ce sujet un petit mensonge, ce fut pour vous attirer ici. Il n'est pas malade, du moins au sens banal de ce mot. Il s'est retiré à la campagne, absolument désespéré.

— Mais de quoi ?

— Il est persuadé que vous ne l'aimez pas, parce que vous ne lui avez jamais donné l'occasion de vous aborder.

— Ne pouvait-il faire ce que vous avez fait ?

— Il faut une certaine assurance pour agir de la sorte, dis-je. Si vous lui étiez indifférente, il n'en eût point manqué. Mais il vous aime : c'est pourquoi il n'osa jamais vous aborder, dans la crainte d'un refus hautain. Et puis Jacques est un peu aristocrate ; il ne voudrait point arrêter une jeune fille dans la rue et nouer une idylle sur un trottoir : il vous aime mieux que cela.

— Je ne le croyais point timide, dit-elle en souriant.

— Il le sera toujours devant vous ; et maintenant, mademoiselle, permettez-moi de vous poser une question. Voulez-vous, et pouvez-vous, accorder une entrevue à Jacques ? Je crois que votre bonheur à tous les deux en dépend.

J'ajoutai, avec une émotion hypocrite :

— Le bonheur de toute votre vie.

— Mais où ? dit-elle. Quand ? Je vous assure que je ne puis pas. Je ne vois aucun moyen.

— Permettez-moi d'éclaircir la situation : vous désirez cette entrevue. Eh bien, à quelles heures êtes-vous libre ?

— Dans la journée, dit-elle... De neuf heures à

onze heures le matin. En général, j'ai des cours à la faculté...

— Vous pourriez en manquer un... Je l'ai fait bien souvent moi-même au temps où j'étudiais la philosophie...

Je la sentis moins étrangère lorsqu'elle eut appris par cette phrase que j'avais, moi aussi, fréquenté les facultés.

— Et dans l'après-midi ? continuai-je.

— J'ai beaucoup de travaux pratiques. J'en sors vers cinq heures... Je n'y suis pas allée aujourd'hui. Si papa venait à l'apprendre...

— Rassurez-vous, dis-je, il ne le saura pas. Mais n'êtes-vous pas libre chaque soir, après cinq heures ?

— Oui, dit-elle. Mais je rentre à la maison pour diriger la bonne. Maman est à Paris depuis trois mois. Je suis seule avec papa, et je m'occupe du ménage.

Elle parut hésiter un moment, puis se décida tout à coup.

— Je suis seule très souvent, après le dîner, jusqu'à minuit. Papa sort tous les soirs pour son travail ; dès qu'il est parti, la bonne en profite pour aller au cinéma.

Mais elle se reprit brusquement et dit avec fermeté :

— Mais le soir, ce n'est pas possible. Non, non... dans la journée plutôt... Ecoutez, je verrai, je réfléchirai...

L'entretien prenait une excellente tournure... Je

décidai en moi-même d'obtenir le rendez-vous pour un soir, sur les neuf heures... Mais il ne fallait rien brusquer.

— Quand me donnerez-vous une réponse ? Songez que Jacques, qui m'envoya vers vous, passe ses journées sous un pin, rongé d'anxiété, de doute, de désespoir.

— Demain soir, à cinq heures... Trouvez-vous au coin du cours du Chapitre et de la rue Consolat. Au revoir, monsieur...

Elle se leva. Comme je lui tendais la main (impolitesse peu recommandée), elle y mit la sienne, qui me parut fort petite. Puis elle s'en fut de son pas rapide ; et moi, Louis-Irénée Peluque, je regardais s'éloigner la gracieuse silhouette, et je triomphais dans mon cœur.

Le lendemain, je fus exact au rendez-vous, et la jeune fille ne me fit point attendre. Sa timidité s'atténuait.

Je lui fis un tableau touchant de l'amour de Jacques. Puis je lui vantai les mérites de mon ami : ses triomphes littéraires, ses exploits sportifs ; je louai sa bonté, sa loyauté, son courage... Elle m'écoutait avec une attention si grande qu'elle fut surprise d'entendre sonner six heures à l'horloge du lycée.

Je lui proposai enfin le rendez-vous que je désirais et à l'endroit par moi choisi. Elle fut d'abord étonnée, et je conviens que ma proposition était étonnante ; mais son refus ne persista point. En la quittant, je lui prêtai traîtreusement *le Lys*

Rouge, œuvre divine d'Anatole France : Grasset m'avait affirmé que cette lecture était d'un grand effet sur des cœurs neufs, et qu'il s'était souvent bien trouvé de son emploi.

Le lendemain, à trois heures de l'après-midi, je m'installai confortablement dans un taxi magnifique (mais non gratuit), et cette voiture à pétrole m'emmena vers la villa lointaine de Jacques Panier. Je lui passe maintenant la plume, car dans ce qui va suivre, ma discrétion fit de moi un comparse assez ignorant.

La villa de mon père s'élevait en pleine garrigue, parmi les collines qui s'étendent entre Garlaban et Allauch. Elle dominait un petit village, distant à peine d'un kilomètre.

Au midi, quatre fenêtres d'où je découvrais un large panorama.

A gauche, des plaines de verdure : quatre ou cinq petits villages groupaient çà et là leurs toits rouges autour des clochers gris. Au centre, une large vallée pleine de banlieues, arrêtée au loin par une chaîne de hautes collines. Ces collines découpaient chaque soir leurs crêtes noires, éternelles. Enfin, à droite, derrière des cheminées d'usine si petites et si nombreuses qu'elles avaient l'air d'un jeu de quilles, on voyait s'étendre Marseille sur le bord de la mer bleue.

Je préférais pourtant le spectacle des fenêtres du nord. La garrigue provençale commençait au pied même du mur de la maison. Une pente douce, couverte de kermès, descendait vers une vallée de thym, de cytise et d'aspic. Après la vallée, une petite colline, et une autre vallée, à perte de vue. Toutes pareilles, avec un sol aux rochers blancs, comme de la chaux, caché çà et là par des genêts, ou de grandes touffes de térébinthes aux grappes de fruits rouges et bleus. Quel spectacle, et quels parfums... C'était là seulement que l'on pouvait comprendre Virgile ou Théocrite, au milieu de cette nature fruste, maigre, sèche, odorante, si pareille aux coteaux de Sicile ou aux collines de l'Arcadie...

Je m'installai promptement, d'autant plus promptement que mon installation consista à avertir Lalie, servante vieille et dévouée, qui habitait le village, mais venait diriger notre ménage quand nous étions à la campagne.

Lalie me regarda longuement et me trouva « bien noir sous les yeux ». Elle décréta qu'il me faudrait boire chaque matin un demi-litre de lait de chèvre frais tiré, et me lever tard. Après quoi elle se mit à sa besogne, qui était de faire ma chambre, et de préparer mes trois repas.

Le vendredi après-midi, je me mis au travail. Je commençai par classer les pièces que je jugeais achevées et dignes de l'impression ; je n'en trouvai guère qu'une douzaine, capables de remplir au maximum soixante pages.

Je décidai ensuite de remanier un poème qui, dans mon esprit, devait comporter environ cinq cents vers. Il débutait ainsi :

Je suis Mopsus, fils de Lycas le chevrier
Un jour, j'étais assis dans un genevrier

Appuyant mon dos large aux branches élastiques
Je songeais. Le vent bleu berçait les pins antiques
L'ombre amicale avait de longs parfums troublants
Mes souvenirs passaient en moi, vêtus de blanc,
Pensifs, sans se tourner, et d'une marche égale,
Au cœur d'un pin chantait la dernière cigale :
Elle disait la fin de l'ardente saison.
Du vallon roux montait le chant d'une laveuse,
Et très loin, sur le bord des collines rêveuses
L'Automne pâle s'accoudait à l'horizon...

Ce Mopsus entendait quatre hommes discuter à quelques mètres de lui. Le premier vantait la guerre, et les voluptés du pouvoir. Le second chantait l'amour. Le troisième était le poète, et le poète bucolique. Quelques strophes de ce passage me satisfaisaient particulièrement :

Je chanterai le clair galop du vent qui passe,
Sabots d'azur battant les routes de l'espace...
La source solitaire où fleurit un glaïeul,
L'or des pommes de pin dans les noires ramures,
Et le miel rouge au ventre mou des figues mûres,
Et le miel pâle aux fentes noires des tilleuls...

Voix des cigales, voix des sources, voix des ruches,
Tintement de l'eau froide au ventre sourd des cruches,
Appel de chevrier dans les vallons herbeux,
Froissements de fourrés à la fuite des lièvres,
Clochettes d'argent clair au cou velu des chèvres,
Cloches de bronze grave au cou lustré des bœufs...

J'entrepris de terminer cette partie du poème ; mais après quelques vaines tentatives, je m'aperçus que je n'étais pas en train. Je pris mon Virgile et mon Chénier, et je m'en fus au vallon du Rabas.

Ce vallon était assez profond, et d'une largeur médiocre. Quatre-vingts mètres à peine séparaient deux hautes murailles de rochers bleus. De part et d'autre, une épaisse rangée de noisetiers aux troncs courts, aux feuilles larges, attestait la présence d'un peu d'eau. Au milieu, séparés par de petites murailles de pierre sèche, se succédaient des champs abandonnés ; entre les oliviers centenaires et dévorés d'insectes, s'étendait une herbe à demi sèche, avec çà et là un buisson de cade aux formes gothiques, ou une touffe de romarin. Au bout de trois kilomètres, les deux parois se rejoignaient pour former une haute barrière bleue, aux trous de laquelle s'agrippaient des pins voraces et des lierres verts et roux.

Assis au pied d'un olivier, je me remis à lire les vers des églogues :

« Galatée, vierge vénuste, me lance une pomme. Puis elle court se cacher vers les saules, mais elle désire auparavant être vue... »

Je levai la tête vers les noisetiers qui bordaient le petit vallon dans le silence du soir d'été. J'imaginai la vierge courant se cacher derrière les rameaux aux larges feuilles... Je fus bien étonné de voir qu'elle ressemblait beaucoup à la petite fille. Ce fut son visage qui m'apparut, ce furent ses yeux qui me regardèrent...

Je fermai mes livres et je rentrai.

Le lendemain, même résultat. Après une vaine colère contre moi-même, je conclus que toute l'histoire prouvait la grande fatigue de mes nerfs ; j'entrepris de m'en guérir par de longues flâneries dans la colline en compagnie d'un chien perdu qui me suivait volontiers...

Au bout de cinq jours de ces promenades j'eus grand appétit, et je pris une meilleure mine ; mais je n'avais pas oublié la petite fille, et je n'avais pas écrit un vers...

Le samedi, à deux heures de l'après-midi, j'étais en proie à un pénible accablement. Assis à mon bureau, au premier étage, la tête entre les mains, j'évoquais avec tristesse le cher visage sous des cheveux bruns.

S'était-elle aperçue de mon absence ? L'avait-elle seulement remarquée ? Puis, je songeai à Grasset, mais sans amitié. Avait-il raison, dans ses déductions, ou plutôt n'était-ce pas Peluque qui... Je sentis que le philosophe me manquait.

A ce moment même, j'entendis un grattement sur le tuyau de la gouttière. Je pensai au chien perdu, qui venait fréquemment y frotter sa gale. Le grattement continua ; et soudain, une main s'accrocha à la barre d'appui de la fenêtre. Un pied se posa sur le rebord de pierre... Le philosophe apparut tout entier.

— Toi... m'écriai-je avec un élan de joie... Si je m'attendais.

— « Il y a plus de choses sur la terre et dans le ciel, Horatio, que n'en rêvent nos philosophes... », dit-il en sautant dans la chambre.

J'allais parler, lorsqu'il s'écria d'une voix de commandement :

— Rase-toi.

Il se précipita sur l'étui de mon rasoir, qu'il venait d'apercevoir sur ma commode. Il saisit ensuite le cuir, et se mit à « repasser » avec l'habileté d'un Figaro-né.

— Du savon... Un blaireau...

Il ouvrit violemment tous les tiroirs. Je le laissais faire en souriant, et je renaissais à la vie, tandis que sa joyeuse incohérence pétillait autour de moi.

Il me renversa dans mon fauteuil de bureau. Il ouvrit une armoire, et croyant prendre une serviette, il en tira une nappe qu'il m'attacha autour du cou. Puis, jouant du blaireau avec une légèreté fougueuse, il me couvrit le visage de mousse de savon.

Tout en travaillant, il parlait.

— Ah !... Tu te retires à la campagne... Tu veux faire l'Homme-Nature, hein ?

Il s'empara soudain du rasoir.

— Attention... On va commencer... Pas un mot, pas un geste... J'exige une immobilité pétrifiée...

Il se mit à me raser avec des mines et des grimaces telles que j'en faillis perdre une oreille à la suite d'un accès de rire. Quand il eut terminé :

— Habille-toi.

— A quoi bon ?

— Nous allons descendre en ville Mon chauffeur nous attend.

— Ton chauffeur ?

— Oui, mon chauffeur. Il n'a pu venir jusqu'ici, mais nous retrouverons la voiture au village. Dépêche-toi, allons... Ce soir nous soupons ensemble ; puis nous irons voir monsieur de Max qui joue *la Mort enchaînée*. Dépêche-toi.

En moins d'une demi-heure, nous fûmes à Marseille. Peluque avait mis à profit le trajet pour m'exposer quelques-unes de ses plus récentes découvertes philosophiques. Mais je ne sais comment, notre conversation dévia bientôt sur le chapitre des femmes. Vingt fois je fus sur le point de parler de la petite fille. Vingt fois, je me tus.

Sur la place de la Bourse, Peluque donna au chauffeur l'argent que celui-ci réclamait, sur la foi d'une boîte à mécanique qui avait compté les kilomètres. Puis, avec un geste noble, il dit à cet homme :

— Je vous licencie.

Passant son bras sous le mien, il m'entraîna dans la foule.

— Nous allons souper agréablement, me dit-il ; souper délicat, assaisonné de bavardages. Tu me parleras un peu de ton recueil de vers... Ça doit avoir progressé, certainement...

— Pas beaucoup, dis-je. L'inspiration ne venait

pas... Mon état nerveux, en ce moment, est plutôt précaire...

— Nous dînerons chez Fernand, aux Allées, reprit-il. Voyons, composons à l'avance un menu plaisant...

Mais tout à coup, il me lâcha le bras, et joignit les mains.

— Grands dieux... C'est aujourd'hui samedi?

— Eh oui...

— C'est affreux. Samedi 17?

— Samedi 17. Qu'y a-t-il donc?

— Ah! maudite serviabilité! Dévouement stupide!

Il donnait les signes de la plus grande détresse.

— Mais qu'y a-t-il donc?

— Il faut nous séparer... Pourtant j'avais grande envie de dîner avec toi... Adieu.

— Mais où vas-tu?

— J'ai promis au concierge de le remplacer jusqu'à minuit... Il va au théâtre...

— Quel concierge?

— Celui du jardin zoologique... Il conduit sa femme et son fils aux Variétés... On joue *Les Six Femmes de Bigorneau.* J'ai promis d'être là-bas à huit heures; il est six heures et demie... Je n'ai que le temps de dîner en hâte...

— Ma foi, dis-je, dînons tout de même ensemble.

Nous entrâmes dans un restaurant.

Le dîner fut simple, mais fin. Nous mangeâmes

tout en devisant sur les femmes, et tout particulièrement sur la façon d'engager une intrigue.

— Voyons, me dit-il en dépeçant un pintadeau, suppose que tu te trouves un jour en société chez une femme qui te plaît ; il y a là beaucoup de monde ; il ne t'est pas possible d'obtenir un tête-à-tête. D'autre part, tu ne connais pas assez la personne pour avoir le droit de venir seul chez elle, à une heure favorable. Que fais-tu ?

Après de courtes réflexions, j'avouai mon ignorance.

— Tu laisses tomber ton portefeuille sous un divan, me dit le philosophe, et tu reviendras le chercher le lendemain à l'heure par toi choisie...

Il m'enseigna ensuite un grand nombre de petites malices très précieuses... Mais comme huit heures approchaient, il remit à un autre moment la suite de ce cours.

Ayant réglé une note raisonnable, je me levai.

— Que vas-tu faire maintenant ? me demanda-t-il.

— Je vais t'accompagner. Et, si tu n'y vois pas d'inconvénient, je te suivrai au jardin zoologique, où nous remplacerons doublement ce concierge théâtrophile. Tu viendras ensuite dormir chez moi.

— Cette idée est excellente, s'écria-t-il. La nuit promet d'être belle. Je me sens en veine de développements...

Un tramway nous fut propice : en moins d'un quart d'heure il nous déposa à la porte du jardin zoologique.

Le fils du concierge nous attendait avec impatience ; toutes les deux secondes, il allongeait le cou pour survivre au luxe d'un col amidonné. Ses père et mère étaient partis depuis une grande demi-heure, hantés par la crainte de n'avoir point de place.

Le grand portail était fermé ; il ouvrit la petite porte et vint au-devant de nous avec une joie rougeaude. Il nous montra la maisonnette et dit :

— Elle est ouverte. Vous pouvez vous y installer. Il y a un jeu de cartes. Si vous préférez, promenez-vous dans le jardin.

Il nous serra la main en hâte et disparut.

Nous entrâmes dans la loge. Une sorte de tableau gris en tapissait le fond. Sur ce tableau, toutes sortes de clefs, munies de plaquettes en cuivre. Peluque s'avança, et d'une main décidée en prit une.

— C'est la clef d'un pavillon, me dit-il en la glissant dans sa poche. Nous pourrons y rêver à l'aise, si la fantaisie nous en prend. Montons donc au sommet du plateau. C'est là, sans conteste, que l'on est le mieux. Tu me réciteras des vers...

Les dernières traces du crépuscule avaient disparu ; à travers les branches, je voyais des triangles étoilés. Un calme extraordinaire dormait sur les allées, et le bruit lointain de la cascade faisait seul vivre le silence.

Peluque bourra sa pipe, tout en montant les escaliers rustiques qui conduisent au plateau de Longchamp.

Sur l'esplanade déserte, le ciel nous apparut tout entier avec ses millions d'étoiles sur le velours bleu de la nuit.

Une rainette chantait dans l'herbe, d'une petite voix grêle et tendre.

— Irénée, dis-je, lève la tête et contemple.

Le philosophe s'arrêta, les mains dans les poches, et leva la tête un moment. Puis il tira quelques bouffées de sa pipe. Enfin, l'ôtant de sa bouche, il fit un grand geste décidé.

— Eh bien, non, dit-il. Non ! Si j'avais l'honneur d'un entretien avec le Créateur, je crois que je formulerais quelques réserves.

— Et lesquelles ?

— Je lui dirais : « Seigneur, permettez à un esthète, né dans la patrie des grands classiques, d'exprimer un avis désintéressé.

» Ces étoiles sont émouvantes ; bien des poètes les ont chantées qui ne vous ménagèrent point la louange. Mais vraiment, Seigneur, tant de lampions clignotants donnent à votre ciel un air un peu vulgaire de 14 Juillet ; et, pour tout dire, la Voie lactée rappelle trop les feux d'artifices que l'on tire au château d'If.

» Si, au lieu de lampions et de chandelles romaines, je m'efforce de voir, à la façon d'un poète, des diamants et des gemmes, ma critique sera plus sévère encore : quoi, Seigneur, tant de pierres précieuses, et de si grosses ? J'en vois même une verte ! J'en vois deux rouges ! Et je ne veux pas parler de ces comètes fastueuses qui viennent parfois enrichir l'étalage. Non, franchement, je désapprouve... Il y a là, à ce qu'il me semble, quelque chose d'un peu... rasta. Il y en a trop... C'est trop riche, et, décidément, on verra toujours que vous êtes oriental... »

Au-dessous de nous se découpaient les portiques du palais Longchamp ; ils bordaient, comme un parapet gigantesque, la ville étendue à nos pieds. Sur l'étendue noire, mille lumières traçaient les rues, en un pointillé brillant... Il y en avait tant et tant qu'on eût pu croire que le ciel se reflétait dans un lac silencieux.

Nous allâmes nous asseoir sur un banc, au pied d'un sapin dont les larges branches s'étendaient amicalement. Le philosophe fuma sa pipe en silence, pendant quelques minutes ; puis il dit :

— La vie humaine est désaxée par une erreur fondamentale ; j'en ignore les causes, mais j'en ressens très nettement l'existence. Jacques, nous vivons dans la journée, et c'est là le contresens. L'homme est un animal nocturne.

— Quelle raison peux-tu fournir ?

— Jacques, lorsque tu ouvres les yeux, le matin, c'est ton corps qui s'éveille. Ne sens-tu pas que tes sens, tes instincts, ton activité nerveuse ne s'éveillent qu'avec la tombée de la nuit ? Bien souvent, dans mes songeries, je revois l'ancêtre, la chère brute velue, avec ses petits yeux minces, son nez camard, sa nuque épaisse, et le prognathisme de sa bouche en bénitier... Pendant la journée, il dort sur le sol d'une caverne à demi obscure. Et de temps à autre, il grogne, il fait vibrer sa peau tandis que l'essaim des mouches s'élève en bourdonnant. Et jusqu'au crépuscule, les yeux clos, il sommeille...

» Mais voici que la nuit vient poser sur le ciel son immense passoire. Alors, il se lève. Longuement, il étire ses membres engourdis, en faisant crépiter ses os. Il bâille, il montre sa mâchoire énorme... Puis il flaire la nuit... et souple, tous les sens aiguisés, il s'en va dans l'ombre épaisse, prêt à toutes les cruautés...

» Jacques, l'atavisme n'est pas un vain mot : et à l'heure trouble des fins de crépuscules, l'ancêtre farouche s'éveille en nous...

Il songea un instant, et tout à coup, comme une horloge sonnait la demie de huit heures, il se leva, et me dit en s'éloignant :

— Je te quitte cinq minutes... Il faut que je m'assure... Tu comprends que... que j'examine...

Je ne compris pas du tout ce qu'il se proposait d'examiner, mais je supposai quelque détail nocturne dans le service du concierge.

Assis sur ce banc, je rêvais.

Je songeais — naturellement — à la petite fille aux yeux sombres. Je n'osais pas en parler au philosophe, qui semblait l'avoir oubliée. Et pourtant mille questions me montaient aux lèvres : « L'avait-il revue ? Paraissait-elle affligée de mon absence ? Le jeune homme frisé avait-il reparu ? » Mais la crainte des railleries retenait mes questions.

En ce moment même, que faisait-elle ? Je l'imaginai sous la lampe, dans sa maison trop bien close, lisant un roman naïf, tandis que par la fenêtre ouverte entraient les sons d'un piano voisin ; puis je la vis, nattant ses cheveux pour la nuit, dans sa chambre toute blanche...

J'en étais là de mes réflexions, lorsque j'entendis au loin le philosophe qui revenait. Il remontait la pente abrupte qui conduit au plateau. Le bruit cessa à une trentaine de mètres du banc où je me trouvais.

La lune venait de paraître. Elle monta, énorme et lente, avec une douceur somptueuse. Les clairs devinrent plus clairs, les ombres s'accusèrent, violentes.

Le pas de Peluque se fit entendre à nouveau. Cette fois, il s'éloignait, redescendant les escaliers qui conduisent au kiosque à musique ; je commençai à me demander ce qu'il faisait, et le motif de cette ronde.

Je me levai dans un grand bien-être physique, et j'aspirai profondément l'amitié de la nuit. Un bruit léger me fit tourner la tête.

Dans l'allée, bordée d'arbres, dans l'allée pleine d'ombres, il me sembla entendre un pas très léger et comme hésitant. Je m'avançai dans le clair de lune, et je regardai fixement le point suspect. Le bruit se renouvela : quelqu'un s'avançait vers moi, et soudain, à dix pas, en pleine lumière, je vis surgir la petite fille.

J'ai compris là ce que le vulgaire nomme « un coup au cœur » car j'eus dans la poitrine la sensation d'un coup véritable, d'un choc sourd, mais puissant, qui m'ébranla tout entier...

Puis mon cœur se mit à battre avec une rapidité saccadée et je sentis que je devenais pâle comme la mort.

La petite fille était aussi pâle que moi. Elle s'avançait tête nue. Ses cheveux noirs relevés en cabochons paraissaient plus noirs, son visage adorablement ovale paraissait plus clair et plus pur encore... Elle était vêtue d'une longue robe droite en soie grise, avec une ceinture dont les deux bouts retombaient très bas. Ses bras clairs sortaient de manches courtes.

Je m'efforçai de parler, tandis qu'elle s'avançait, très lentement. Je ne pus articuler une parole, mais je la regardais intensément... Elle s'arrêta à deux pas de moi.

— Vous ? dis-je... Ici ?

Elle leva les yeux, qui brillaient d'un éclat inaccoutumé, et me regarda en silence, avec une sorte d'amitié craintive. Je fis un pas vers elle, et, lentement, je posai ma main sur la sienne. Elle frémit et détourna légèrement la tête.

— Par quel miracle...

La petite fille se tourna de nouveau vers moi, et avec une audace subite, elle mit sa main sur ma bouche. En même temps, elle posa sa tête sur mon épaule, et dit tout bas :

— Ne parlez pas...

Un bras autour de sa taille souple, je la serrai étroitement. Son front et ses cheveux s'appuyaient sur ma joue, sa main serrait ma main. Je l'entendais respirer lentement, profondément et longtemps nous restâmes ainsi, sous le clair de lune qui s'extasiait...

Et je n'étais plus étonné, je n'étais plus surpris par le miracle; tout me paraissait si logique, si naturel... Je l'aimais, elle m'aimait, c'était tout simple, et ce bonheur nous était dû. Enfin, elle leva sa tête vers moi, et je lui donnai longuement le premier baiser.

Sur le banc banal et triste, acheté à la douzaine dans un bazar aux odeurs de verni, nous eûmes, sous le grand silence, plein de baisers et de soupirs, une immortelle nuit d'amour.

Nous n'échangeâmes pas un mot, pas une parole; et pourtant, j'avais eu pendant des jours et des nuits, le désir anxieux de connaître enfin sa voix... J'avais souhaité ardemment l'instant où je pourrais enfin lui parler, lui dire tant de petites choses enfantines et tendres, lui demander mille détails sur elle-même... Tremblant de joie, je me taisais; je regardais les yeux noirs, la bouche rouge, le visage si pâle et si cher... Et je baisai ses lèvres, ses yeux aux longs cils, ses cheveux fins et légers...

Il me semblait que nous étions là depuis cinq minutes à peine, lorsque la voix de Peluque sortit d'un fourré. Il dit seulement ces paroles obscures :

— La bonne attend.

La petite fille ne remua pas. Je l'appelai.

— Mon amie, la bonne vous attend...

— Déjà !... dit-elle plaintivement.

Je me levai, et je l'aidai à se lever elle-même.

La voix de Peluque reprit :

— Elle est à la petite porte. Suivez-moi.

Je le vis sortir du fourré à une vingtaine de mètres devant nous. Et son ombre noire dansa sur la blancheur de l'allée.

Nous le suivîmes, enlacés, et nous arrêtant aux tournants pour échanger de longs baisers. A mesure que la séparation approchait, nous retrouvâmes la parole.

— Comment avez-vous pu vous sauver ?

— Papa sort tous les soirs pour son travail. La bonne est allée au cinéma, et elle vient m'attendre à son retour. Si papa s'apercevait de quelque chose, je lui ferais croire que j'étais au cinéma avec elle. Il me gronderait un peu, mais pas autant que si...

Elle se mit à rire si adorablement...

— Et quand nous reverrons-nous ?

— Demain soir à la même heure, dit-elle. Voulez-vous ?

Si je voulais !... Grands dieux !...

Nous descendions les escaliers de Longchamp, à pas lents, tandis que Peluque, qui nous précédait de très loin, fumait sa pipe, les mains dans les poches, avec l'assurance tranquille d'un propriétaire.

Au bas des escaliers, il tourna à gauche, et prit un petit sentier entre des massifs de verdure. La petite fille en profita pour mettre une fois encore sa tête sur mon épaule.

— Jacques... dit-elle doucement.

Je tressaillis.

— Qui vous a dit mon nom ?

— Votre ami. Et lui, comment s'appelle-t-il ?

— Peluque.

Elle éclata de rire, puis elle ajouta :

— Il a un drôle de nom, mais c'est un bon ami. Je l'aime bien.

— Mais vous, mon amie, comment vous appelez-vous ?

— Yvonne.

Yvonne ! Ce nom me parut inouï, et d'une extraordinaire splendeur. Yvonne !...

Mais Peluque nous appela à voix basse. Après un dernier baiser, nous le rejoignîmes. Il était debout près d'une petite porte en fer qui donnait sur le boulevard Philipon. Devant cette porte se tenait une jeune femme ; elle me parut pleine d'impatience. Le philosophe lui demanda :

— Personne ?

Elle répondit : « Personne ».

Peluque tira une clef de sa poche, et ouvrit la porte.

— Allons, dit-il.

Yvonne me serra la main avec une force passionnée.

— A demain, Jacques.

— A demain, Yvonne.

Elle sortit prestement. Les deux femmes s'éloignèrent sur le trottoir. Je les suivis des yeux jusqu'au tournant.

Alors seulement, je sortis de mon rêve et je pris conscience de la réalité.

Le philosophe tenait mon bras. Il me fit remonter le petit sentier. Nous arrivâmes au pied des escaliers.

Il vida sa pipe en la frappant contre la balustrade. Puis il tourna vers moi son cher visage, où brillaient ses yeux malicieux.

— Eh bien, libraire, dit-il, c'est une surprise, ça, hein ? Tu ne t'attendais pas à celle-là ?

Je sentis une profonde gratitude.

— Irénée, tu es pour moi plus qu'un frère. Tu es d'une habileté inconcevable. Tu m'as donné le plus grand bonheur de ma vie... Viens ici que je t'embrasse...

Je lui saisis les deux mains. Il me repoussa en riant.

— Je ne m'appelle pas Yvonne, dit-il.

Je ne savais plus que lui dire.

— Mais enfin, vas-tu m'expliquer comment ton amitié a réussi... Par quel miracle...

— Il n'y a point de miracles dans la nature, dit-il.

— Comment se fait-il que ce concierge ait eu l'adorable idée d'aller ce soir au théâtre ?

— J'en ai favorisé la naissance en lui offrant trois fauteuils, dit-il en riant. Coût : 18 francs. Je ne dis pas cela pour que tu me les rembourses ;

mais je tiens à te faire remarquer qu'il n'y a rien de si cher que l'amour idyllique.

— Tu avais donc machiné tout cela ? Tu savais que tout était prêt lorsque tu es venu me chercher ?

— Apparemment. Tiens, maintenant que la fête est finie, je puis bien t'en conter les préparatifs.

Sur un banc, au clair de la lune, Peluque me fit un récit détaillé de ses démarches. Je l'écoutai avec l'intérêt que l'on devine.

— Enfin, conclut-il, j'ai fort bien vu que tu ne pourrais jamais te tirer d'affaire tout seul ; je me suis substitué à toi, qui n'osais aborder de dérisoires obstacles. J'ai travaillé intelligemment et promptement, étant de sang-froid. La chance m'a favorisé...

— Ton habileté est incroyable, répétai-je.

— Bah, dit-il, il ne faudrait point m'accabler de ta reconnaissance. Je ne la mérite point. J'ai agi un peu pour mon compte. Je tenais à infliger un démenti à notre ami Grasset... Je voudrais qu'il fût là et qu'il te vît, tout parfumé d'amour...

Je ne protestai pas contre ce mot.

— Peluque, lui dis-je, tu avais raison. J'aime la petite fille, je l'ai aimée dès le premier jour. J'étais un sot de ne point en convenir. Mais, encore une fois, je l'ignorais moi-même. Et puis, tu avais l'air de croire à une passion banale et bourgeoise. Je te jure qu'il n'en est rien. Je ne l'aime pas comme le premier venu, je ne l'aime pas comme dans les romans.

— Allons, dit-il, cette conversation te pèse. Quittons-la et célébrons mon mérite.

» Il me fallut tout d'abord deux qualités pour diriger cette intrigue : l'audace et l'intelligence ; je ne suis ni bête, ni timide, et pour mon coup d'essai, j'ai dépassé le Figaro de Beaumarchais. Mais quand il fallut régler la mise en scène, ce fut bien autre chose : la partie artistique commençait.

» J'ai d'abord choisi l'endroit : ce parc immense, bien protégé contre les curieux ; puis j'ai choisi la date et l'heure, après avoir consulté, à l'Observatoire, les tables de prévisions météorologiques : pense donc qu'une averse eût été désastreuse.

» Et d'autre part, il me fallait la lune ; bien pleine, tu comprends : valeur décorative, et puissante influence nerveuse. Le tableau n'a pas été mal réussi, avec les grands arbres immobiles, quelques vers luisants près de ce banc (c'est moi qui les y ai placés d'avance !) et les petites voix des grenouilles. Parfait, parfait. Ah ! Le plus dur, fut de m'en aller, de ne point assister à ce triomphe, qui fut le tien, mais·que j'avais préparé...

Je dressai l'oreille.

— Serais-tu amoureux de la petite fille ?

Ma voix avait quelque chose de dur qui m'étonna. Le philosophe se mit à rire.

— Tu déchirerais ton ami ! dit-il. Quel sentiment exclusif que l'amour !... Quelle violente folie !... Rassure-toi, je ne joue pas les Cyrano... A peine les Straforel, maison de confiance... Mais parlons de détails pratiques ; en vous séparant, vous avez pris rendez-vous pour demain, à ce qu'il m'a semblé ?

— Oui... Elle viendra ici demain soir.

— Je ne sais pas si ça sera possible.

— Irénée, dis-je en suppliant, fais cela pour moi... Tu es ingénieux, tu es intelligent. . Tu nous l'as bien prouvé ce soir... Voyons... Combine quelque chose... Imagine... Si tu gardais cette clef ?

— C'est délicat, dit-il, très délicat... Pourquoi diable ne pas la recevoir chez toi ?

— Je n'ai pas osé lui en parler... Au fond, j'aurais très bien pu... C'est vrai, sans doute... Mais en tout cas, elle sera devant cette grille demain soir à huit heures et demie...

— Eh bien, soit... dit-il. Je vais, en rentrant, fabriquer une clef toute pareille à celle-ci. Je rendrai l'original au concierge demain matin, avec l'explication d'une erreur quelconque. Nous reviendrons ici à son insu... Il n'y a personne la nuit, dans cette partie du jardin... Et je veillerai de loin sur vos amours...

— Peluque, dis-je avec ferveur, tu es un véritable ami...

— On dit ça quand tout va bien, s'écria-t-il en riant. Mais... j'oubliais !... Nous allons peut-être assister à un curieux spectacle... Suis-moi. .

Nous descendîmes les marches qui conduisent au jardin des animaux.

— On prétend, disait le philosophe, que les fauves ne se reproduisent guère en captivité. J'ai voulu m'en assurer moi-même. Pendant que tu jouais les Roméo, je suis allé ouvrir toutes les portes de communication entre le lion et la lionne... Ainsi, cette nuit, dont la lune éclaira tes amours, a peut-être vu et voit sans doute encore une aventure galante du roi des animaux... O nuit doublement nuptiale !... Tu es plus belle et plus parfumée que les autres nuits...

Je le suivais, la tête bourdonnante de bonheur. Une allégresse légère battait dans mon sang. Je riais, et je mâchonnais une brindille de sapin en faisant sonner la terre sous mes talons.

— Si le bruit que j'ai fait et la viande que je leur ai lancée ont tiré de leur sommeil ces animaux, je ne doute pas que l'expérience ne réussisse. La lionne porte six mois... Dans six mois, le jardin zoologique de Marseille aura des lionceaux... Qui est-ce qui sera bien étonné? C'est monsieur le maire !...

Tandis que nous traversions le pont qui franchit le boulevard Cassini, il me fit part de son idée : étendre cette expérience à d'autres pensionnaires, comme les tigres et les ours. Il se proposait même de tenter quelques croisements, qui présenteraient sans doute un grand intérêt. Il était en train de se promener — en rêve — dans un jardin zoologique entièrement repeuplé par son entremise, lorsqu'un rugissement prolongé fit trembler la nuit. Il partit d'abord d'une note basse et ronflante, puis monta jusqu'à l'aigu.

Je frissonnai.

— Entends-tu ? me dit Peluque. Il n'a jamais réagi comme ça. Non, jamais... C'est là son cri d'amour... Hâtons-nous, pour assister à l'idylle...

Il prit le pas gymnastique. Nous étions encore à cent mètres de la cage, lorsque un nouveau rugissement s'éleva ; le son en fut comme sourd et contenu... Un cri terrible lui répondit, un cri rauque, bref, menaçant...

— Quels cris d'amour ! dit le philosophe hors d'haleine... Quels cris !... Lucrèce a bien raison de comparer l'amour à un combat !...

La cage se dressait à cinquante mètres, et le clair de lune faisait briller le mur blanc du fond.

Peluque s'arrêta et me prit le bras.

— Ne les dérangeons pas, me chuchota-t-il dans l'oreille. Pas un bruit, pas un souffle...

C'est alors qu'éclata une effroyable cacophonie. Rugissements, renâclements, ronflements, grognements, montèrent vers le ciel à faire trembler les étoiles. A travers les barreaux, nous vîmes tourbillonner deux masses noires qui bondissaient l'une vers l'autre avec des coups de pattes rapides, des cris affreux, des hurlements horribles de colère et de douleur... Les deux fauves s'entre-déchiraient, roulant l'un sur l'autre. Et quand ils heurtaient les barreaux, la cage oscillait comme un simple panier de jonc...

Peluque s'approcha, consterné. Dans le tumulte, je criai près de son oreille :

— Ils se battent !...

— Je le vois bien, répondit-il sur le même ton. Que faire ?

Nous essayâmes de lancer des pierres : peine perdue. La fureur des brutes allait croissant. Les tigres, réveillés par le bruit, jetaient des rauquements aigus. Les hyènes aboyèrent, les loups hurlèrent, lugubrement. Les chèvres bêlaient, les renards glapissaient, les buffles beuglèrent ; et soudain, dominant l'immense tumulte, éclata comme une trompette le barrissement de l'éléphant.

Ces hurlements démoniaques se prolongeaient. Peluque tourna vers moi une face perplexe ; et soudain, il se mit à rire de tout son cœur, en donnant de grandes tapes sur ses cuisses. Puis il se tint les côtes, et se laissa tomber sur le gazon, à demi suffoquant. Et il disait : « Elle est bien bonne. Elle est bien bonne ! »

Cependant la tempête de clameurs se fortifiait à chaque seconde par quelque cri nouveau, lorsque je vis venir dans l'allée, au triple galop, deux ombres comiques. C'étaient le concierge et son fils.

— Qu'arrive-t-il ? me demanda cet homme essoufflé.

Je ne lui répondis rien : ce qui se passait dans la cage terrible le renseignait suffisamment, car il prit son front à deux mains, et proféra mille jurons provençaux.

— J'avais oublié de fermer la porte hier au soir, lui cria le philosophe.

A ce moment, deux agents de police recrutés par

la femme du concierge firent leur apparition ; puis un garçon de bar et deux employés de tramways. Tout ce monde-là riait, avec l'obscure frousse de voir la cage rompue.

— Ils vont se tuer, gémissait le concierge... Ils se tueront...

Mais tout à coup, un jet d'eau puissant poursuivit les fauves : le fils du portier venait de trouver la solution : ayant mis en place le plus proche tuyau d'arrosage, il douchait les combattants. En un clin d'œil on eut mis en batterie une autre lance ; le combat fut tôt terminé. Les adversaires se retirèrent dans leurs cages respectives, léchant leurs plaies et poussant de temps à autre des grognements variés. Peluque ferma, du dehors, les grilles qui les séparaient.

Peu à peu, la clameur générale se calma. Nous retournions vers la porte en un groupe compact et gesticulant sous la lune :

— C'est épatant, disait Peluque ; je n'aurais jamais cru que la captivité pût aigrir des animaux au point de leur enlever le sens du sexe. Jamais un chien ne mordra une chienne. Et j'ai vu très distinctement, dans cette bagarre, le lion mordre la lionne.

— Quelle lionne ? demanda le concierge. Il n'y a pas de lionne !... Ce sont deux lions...

La face de Peluque exprima la stupeur.

Le concierge poursuivit :

— Celui qui a la crinière, c'est un lion ordinaire. L'autre, c'est un lion de l'Atlas. C'est mauvais, ces bêtes...

— Mais... la pancarte ? dit le philosophe. L'inscription indique bien « Lionne ».

— La pancarte est vieille comme la mer... Et puis, ça fait bien pour le public... On a le couple, vous comprenez ?

Nous rencontrâmes à ce moment six sapeurs-pompiers casqués de cuivre qui arrivaient au pas gymnastique. On les avait appelés par téléphone...

Notre groupe se disloqua sur la porte, évitant de donner des éclaircissements aux quelques personnes accourues...

— Tout est bien qui finit bien, dit Peluque en serrant la main du concierge... Mais... Le moins de publicité possible, n'est-ce pas ?

— Je serai obligé de le dire au chef, répliqua l'honnête fonctionnaire... Ces bêtes doivent porter des marques... Enfin, on verra ça demain...

A quatre heures du matin, je me mis au lit ; je passai d'abord une heure divine à me remémorer cette nuit. Je la revécus minute par minute, seconde par seconde. Je me répétais « Yvonne... Yvonne... » et dans l'ombre confidente, je riais de plaisir. Puis, je songeai qu'elle ne m'avait pas dit son nom héréditaire : bah... Yvonne me suffisait. Je préparai ensuite longuement tout ce que j'allais dire à notre prochaine entrevue. Je lui révélerais tant de détails touchants, tant de petites pensées tendres... Puis, je lui demanderais sur elle-même mille renseignements : qu'avait-elle pensé, lors de notre première rencontre? Pourquoi ne m'avait-elle point offert l'occasion de l'aborder? Mais peu à peu, le sommeil me gagna, et je m'endormis en souriant, comme un enfant.

Un grand bruit me réveilla. Dans un flot de lumière, je vis Peluque, qui venait d'ouvrir toute grande ma fenêtre. Il se tenait au pied de mon lit.

— Eh bien, Don Juan, dit-il, midi un quart!

Je m'étirai paresseusement en clignant les yeux, à cause du soleil.

Peluque me parut intelligent et beau; ma chambre était le centre de tous les bonheurs terrestres, et la jeune fille d'à côté, qui montait des gammes, devint à mes yeux l'égale de Cortot.

— Peluque, dis-je, la vie est splendide, la vie est adorable. Elle m'aime... Qui aurait pu croire...

— Debout, cria le philosophe en tirant à lui mes couvertures. Je viens de commander le dîner à la taverne voisine; un garçon diligent va nous apporter dans quelques minutes un repas intime et délicat. Nous mangerons ici, pour fêter ma révocation.

Je sautai à bas de mon lit, effaré.

— Tu es révoqué?

— Eh oui, me dit-il. Le concierge m'a trahi. Je ne plaisais guère à mes confrères, non plus qu'à certains de mes chefs, qui n'osaient point me commander. Mes protecteurs étaient puissants : mais l'intrigue souterraine a triomphé. Ainsi, le vulgaire jalouse les gens supérieurs; ils ont bien fait boire la ciguë à Socrate... Grâce au progrès, leur haine ne me fut point, comme à lui, mortelle ; ils me rejettent simplement dans une vie d'oisiveté et de tavernes ; et pour moi, la douceur perfide de la ciguë est remplacée par l'amertume salubre des bitters.

J'étais navré ; et cherchant mes chaussettes, je répétais :

— Révoqué ? Révoqué ?

— Eh oui, dit-il avec quelque impatience. Ignominieusement chassé, et pourquoi ? Parce que deux brutes se sont arrachées mutuellement quelques touffes de poils, et des lambeaux d'oreille. Baste... A certains points de vue, je n'en suis pas fâché : je t'avoue que j'aurais démissionné sous peu... Mais il est regrettable que tu perdes ainsi l'usage nocturne du palais Longchamp pour tes amoureux ébats...

— N'as-tu pas gardé la clef ?

— Eh non, me dit-il. Je l'ai rendue sans même en prendre l'empreinte. A cause de la ridicule mésentente de ces fauves, la haute administration est dans tous ses états ; on a décrété que cinq gardiens seraient de service toute la nuit, et qu'ils feraient des rondes dans le jardin et le parc...

Je demeurai un instant immobile, en proie à l'amer désappointement. Mais je vis dans l'armoire à glace mon image : un grand jeune homme dans une longue chemise blanche, tenant d'une main le pantalon d'un pyjama, de l'autre une chaussette et faisant la moue à travers une chevelure ébouriffée. Malgré moi je me mis à rire.

Peluque s'était installé dans une bergère; il alluma sa pipe.

— Après tout, me dit-il, les endroits de rendez-vous ne manquent point. Il est évident que ton petit appartement de célibataire ferait un nid des plus agréables. Mais je ne sais si la bonne, prenant soudain conscience de ses responsabilités, consentirait à l'y laisser seule en ta compagnie... Toutefois, j'espère séduire moi-même cette servante, et dissiper tous ses scrupules en lui inspirant une violente passion. Je vais ce soir commencer l'attaque.

— Mais où? Songes-tu qu'elles seront toutes deux à huit heures et demie devant cette petite porte fermée?

— Nous irons donc nous poster devant cette porte; dès qu'elles viendront, nous leur conterons notre malheur, et nous leur proposerons de passer la soirée chez toi.

— Mais si la servante refuse?

— Nous pourrons toujours causer dans la rue : tu mettras à profit quelque recoin plein d'ombre. Songe que le boulevard Philipon est un endroit idéal pour une entrevue. La chaussée n'y est point éclairée par d'insolents magasins, tels que ceux dont les feux supplémentaires rendent impraticables la plupart des rues. Je t'engage toutefois à te méfier des tramways. Ils surgissent à l'improviste, et illuminent brusquement un couple déconfit... Les tramways m'ont joué parfois de sales tours. Avis.

Cependant, je barbotais dans ma cuvette.

Le repas fut joyeux. Nous parlâmes — ou plutôt je parlai — beaucoup de la petite fille.

— Vois-tu, Peluque, tout dans cet amour, a quelque chose de neuf, de jamais vu. Je n'ai jamais abordé la petite fille dans la rue, comme un amoureux banal. Je ne lui ai point conté de fadaises. Notre premier geste, quand elle m'apparut, sous la nuit illuminée, fut un silencieux baiser. Je t'avoue que je l'aime, mais non pas au sens banal de ce mot.

Il en convint aisément. Puis il ajouta :

— Toutefois, il serait injuste de prétendre que vous avez ouvert une voie nouvelle. Il y a des gens, comme Francesca da Rimini et l'autre, qui aimèrent d'une façon tout aussi poétique, tout aussi émouvante... Ces gens-là ont eu la veine de trouver Dante, qui leur a fait une publicité efficace : ça les a lancés. Tandis que toi... Enfin, tu es heureux, c'est le principal.

Et en effet, j'étais heureux quoique rongé d'impatience.

Nous passâmes l'après-midi dans un cinéma ; les aventures amoureuses de la jeune première me parurent plates, comparées au roman de la petite fille aux yeux sombres. Mais la musique, et particulièrement la barcarolle de Mendelssohn, me berça délicieusement. Je songeais à la parole de Stendhal :

« La musique, quand elle est parfaite, met le cœur exactement dans la situation où il se trouve quand il jouit de la présence de ce qu'il aime. » La musique de ce cinéma n'était point parfaite, et pourtant j'étais dans le ravissement. Il y a dans ma vie peu d'après-midi qui vaillent celle-là.

Le soir je soupai chez Lemeunier avec Peluque et Grasset. Notre hôte vivait seul, servi par une cuisinière, une bonne et un chauffeur, dans un très confortable logement du boulevard de la Madeleine.

Je l'avais averti que des occupations irrémissibles me forceraient de quitter la compagnie dès huit heures un quart. En conséquence, nous fûmes à table à sept heures.

— Où avez-vous passé la journée ? me demanda ce fou magnifique, en m'offrant le plateau des hors-d'œuvre.

— Au cinéma.

Grasset ricana bruyamment et faillit s'étouffer avec une crevette.

— Cinéma... dit-il. Ça, c'est de l'art...

— Je goûte dans les cinémas un plaisir divin, dit Lemeunier en dévorant des tomates crues. Un plaisir divin...

— Tu pelotes ? demanda Peluque.

— Non. (Passe-moi le beurre.) Je regarde et je médite. Comment ! Il y a là cinq cents personnes, cinq cents animaux humains. Ils ne sont pas tous édentés, ils ne sont pas tous privés d'ongles, et pourtant ils ne bondissent pas les uns sur les autres, ils n'ouvrent point à coups de dents la carotide de leurs voisins pour y pomper un repas gratuit... Tout au contraire, les mains sur les genoux, ils considèrent avec attention le livre d'images que feuillette pour eux l'opérateur... Quel manque d'initiative!... Quelle triste dégénérescence!... Ils ne se rendent point compte de ce qu'est la lutte pour la vie...

— Tout au contraire, dit Peluque, qui versait du Sauternes à la ronde. Ils savent bien ce qu'est cette lutte; ils savent qu'une attaque directe, comme celle que tu préconises, serait d'un faible rapport : à peine quelques repas de viande crue, et probablement avariée...

— Tandis qu'en tuant leur semblable au moment venu, ou mieux, en le trompant, en le volant, ils obtiendront le bel argent, le métal tintant qui procure la viande cuite, la saine viande de bœuf accommodée à la façon du jour... Les gens qui comprennent la lutte pour la vie sont d'ailleurs en petit nombre : je ne puis guère te citer que les marchands et les voleurs.

Lemeunier, qui découpait une langouste, s'écria :

— Je ne voudrais pas être un voleur... D'abord, je ne suis ni assez intelligent, ni assez instruit de la technique du métier. Et puis, ça n'est pas une situation fixe...

— Il n'y a pas de retraite, dit Peluque.

— Les risques professionnels sont grands, ajoutai-je...

— Bah... Quand on est habile... Le journal de ce matin parle d'un certain Bergouin, qui habitait tout près d'ici ; depuis une dizaine d'années cet homme, d'allure respectable, vivait de cambriolages. Il a tout fait : escroquerie au mandat-poste, faux chèques, écoulement de faux billets de banque, emprunts sur d'imaginaires marchandises, vols dans les trains, cambriolages de maisons, hôtels, villas, bastides, bicoques, fermes, châteaux et pavillons. Un receleur déloyal l'a dénoncé. Quand la police se présenta chez lui pour le cueillir, il avait levé le pied ; et vraisemblablement l'autre pied n'était point resté en place, car on ne l'a point retrouvé, cet homme intelligent... O Peluque, il patronnait plusieurs œuvres de charité et portait modestement le titre de « Fabricien de sa paroisse ».

L'apparition du champagne détourna la conversation.

Ayant rempli les coupes, Lemeunier tenta de nous exposer quelques découvertes de géométrie ; il démontra deux théorèmes de son invention, faisant de grands gestes pour modifier d'imaginaires figures.

Il nous confia ensuite qu'il venait de concevoir un moteur magnifique : il suffisait d'enterrer un tube gigantesque, dont une extrémité affleurerait au pôle, et l'autre à l'équateur. L'extrémité polaire serait sous la garde de quatre Lapons, rétribués par une abondance de chandelles dont ils sont friands. La surveillance de l'extrémité africaine serait confiée aux N'Gambis, nègres d'un caractère très doux qui se contenteraient, en guise de salaire, de verroteries modiques.

— Il y aura, dit-il, entre les deux extrémités de ces tubes, une différence de température que j'évalue à 80 degrés.

Un courant d'air d'une grande puissance va donc s'établir immédiatement : nous n'aurons plus qu'à disposer dans ce tube un certain nombre de turbines ou, si vous préférez, de moulins à vent. Par un système très simple de pignons et de chaînes, toutes les usines que l'on ne manquera point de bâtir le long du trajet obtiendront l'énergie nécessaire à leur marche...

Nous le félicitâmes chaleureusement, et Peluque lui conseilla d'établir un mémoire, en vue de lancer l'affaire par actions.

Mais comme il était huit heures dix, je me levai.

— Où vas-tu ? demanda Grasset.

— Un rendez-vous, dit Peluque en clignant de l'œil. Je l'accompagne.

Le poète nous regarda prendre nos chapeaux d'un air assez intrigué ; Lemeunier l'empêcha de nous faire des questions. Vertigineusement incompréhensible, il exposa sa nouvelle hypothèse cosmographique, relative à « la condensation de l'éther » et à « l'épaississement des noyaux du protoplasma sidéral ».

Cependant, nous descendions les escaliers en grande hâte : deux minutes plus tard, nous étions devant la petite porte.

— Je t'ai accompagné pour deux raisons, me dit le philosophe.

» D'abord, tes allées et venues le long de ce trottoir solitaire eussent piqué la curiosité des rares passants ou des agents de la police. D'autre part, je crois que la jeune bonne suivra ta Béatrix, à l'exemple des suivantes dans les comédies classiques.

» Tu sais que j'excelle à détourner les servantes, femmes de chambre et filles de maison... Vous serez donc beaucoup plus à l'aise pour une conversation amoureuse si, par des discours perfides et sagaces, j'occupe l'attention de la jeune bonne.

La silhouette d'une jeune femme apparut soudain au bout du trottoir. Il était à peine huit heures vingt. Elle était seule : elle ne m'intéressa point.

Mais dès qu'elle nous vit, elle vint sur nous ; je reconnus la servante. Elle avait un drôle d'air.

— Bonsoir, dit-elle. Vous êtes venus quand même ?

Cette question m'étonna. Je vis alors qu'elle avait les yeux rouges : je compris soudain qu'elle avait dû apprendre la révocation de Peluque.

— Mais oui, dis-je. Pourquoi pas ? Où est Yvonne ?

— Vous n'avez pas vu sur les journaux ?

— Les journaux en parlent ? demanda Peluque, interloqué.

— Eh bien, dit la jeune femme. On ne voit que

ça. Il y a juste le portrait de Monsieur... Mais si vous n'avez pas lu les journaux, qui vous l'a dit ?

— Mon portrait ! s'écria le philosophe stupéfait. Voyons, de quoi parlez-vous ?

— Mais de l'histoire de Monsieur.

— Nous ne savons rien de l'histoire de Monsieur, dit Peluque.

Elle leva les bras au ciel.

— Hier soir, à quatre heures, Monsieur est sorti avec Mademoiselle. Il m'avait dit de tenir le dîner prêt pour neuf heures, qu'il viendrait avec un ami. A sept heures, trois hommes de la police sont arrivés ; ils étaient en civil. Ils m'ont posé des questions.

» Quand j'ai dit que Monsieur devait rentrer à neuf heures, ils m'ont enfermée dans une chambre, puis ils ont attendu.

» A onze heures, comme il n'était venu personne, ils ont dîné et ils m'ont fait dîner. Puis, ils ont encore attendu jusqu'au matin ; mais Monsieur n'est jamais revenu. Alors, ils ont tout fermé à clef, puis ils m'ont dit que la justice aurait besoin de moi, que j'aille me loger ailleurs et que je vienne au commissaire demain matin dire mon adresse.

Je fus bouleversé.

— Comment s'appelait Monsieur ? dit Peluque.

— Il s'appelait Bergouin, mais ce n'était pas vrai ; à ce qu'il paraît que Monsieur était un cambrioleur, et qu'il avait trente-six noms. Moi, ça m'étonne bien, vous savez... Une si bonne place... Et Mademoiselle qui était si gentille...

Un désespoir affreux me pressa le cœur. D'une voix blanche, je demandai :

— Mais elle, est-elle partie ?

— Oui.

— Vous ne savez pas où elle est ?

— Non.

— Elle ne vous a rien dit ? Pas un message pour moi ? Pas un mot de regret, pas un mot d'amitié ?

— Mon Dieu... dit la servante. Mais quand elle est partie, à quatre heures, bien sûr qu'elle ne savait pas où Monsieur l'emmenait. Elle croyait bien revenir le soir, la pauvre petite...

Peluque, à ce moment, nous dit :

— Nous ne pouvons rester en cet endroit toute la nuit. Mademoiselle, vous voyez quel malheur accable mon ami Jacques. Vous avez du cœur, vous ne refuserez pas de l'accompagner chez lui, ou vous pourrez lui parler d'elle. Et vous-même, je vois que vous avez besoin d'un peu de réconfort... d'amitié... vous avez besoin d'un appui... moral, bien entendu...

Ce disant, il passa son bras sous celui de la jeune femme. Nous descendîmes tous trois le boulevard Longchamp, sous la lumière indifférente des becs de gaz. Je continuai mes questions. Je trouvais une sorte d'adoucissement à entendre parler de la petite fille par quelqu'un qui l'avait approchée. Cette servante avait une âme délicate : en quittant la maison, malgré les étranges circonstances de son départ, elle avait eu une pensée touchante ; elle prit à mon intention un calendrier de poche qui avait appartenu à Yvonne. Elle y marquait chaque soir nos rencontres par des points au crayon bleu. Je fus ému jusqu'aux larmes quand je vis que mon absence, qui avait duré cinq jours, y était notée par des croix épaisses et fort noires. Je baisai avec transport le précieux petit carnet...

J'entendis ensuite de grands éloges au sujet de ma bien-aimée, douce, vivant un peu sur elle-même, musicienne d'un grand talent et d'une exquise sensibilité...

Peluque, qui avait embrassé la taille de la servante, me répétait :

— Va, tu la retrouveras... Je suis stupéfait qu'elle ne s'appelle pas Ferret. J'ai eu vraiment une défaillance... C'est inexplicable... Bergouin... Ce n'est pas son nom... Ferret lui allait comme un gant...

La bonne dit :

— M. Ferret habite au premier étage. Il est très riche. Il a une grosse entreprise de vidanges.

— Ah... répétai-je, comment la retrouver ? Vers qui se tourner ?

— Ne te mets pas en peine, me dit le philosophe. La police recherche son père. Sache que la police, malgré les railleurs, est fort habile en ce genre de travaux... Si la Sûreté ne la retrouve pas, ni toi ni moi ne pourrons y réussir.

Je reconnus la justesse de ce raisonnement. Mais je frémis à la pensée que la chère petite fille pouvait un jour me revenir, accablée de honte, par le moyen des gendarmes...

— Et d'ailleurs, poursuivit-il, même si la police ne la retrouve point, je pense que tu auras de ses nouvelles. Elle t'écrira très certainement.

— Elle ne sait pas notre adresse...

— Elle la trouvera dans le guide.

J'eus une seconde de joie, mais je désespérai aussitôt.

— Elle n'osera pas m'écrire. Elle ne voudra plus jamais me revoir...

— Bah... L'amour est un sentiment bien puissant, et qui peut vaincre toutes les fiertés... Elle t'écrira, Jacques...

Tandis que nous montions la rue Saint-Savournin, la conversation commença de languir. La jeune femme était visiblement influencée par le voisinage d'un amoureux passionné, lyrique et désespéré, tel que moi. L'étreinte sans cesse plus étroite de Peluque ajoutait à son trouble, dont le philosophe espérait sans doute profiter au moment voulu.

Une douleur morne m'accablait. Quoi, la perdre si tôt !... Un seul soir aurait vu nos baisers !... Celui que je lui avais donné près de la grille était donc le dernier ? Je marchais dans un brouillard, un tic ridicule me tirait les coins de la bouche.

Comme nous arrivions sur ma porte, nous trouvâmes Grasset, qui, les mains dans les poches de son pantalon, nous attendait. Suivant son habitude, il chantonnait à mi-voix un opéra lugubre, dont il composait impromptu les paroles et la musique.

Je ne lui dis pas un seul mot. Mais, comme je tirais mes clefs de ma poche, il se précipita, et ramassa avec précaution deux bouteilles qu'il avait entreposées dans le coin de droite, sur l'escalier extérieur. D'une voix qui ne lui était point naturelle, il me dit :

— Ne casse pas ça...

Puis, se tournant vers Peluque, il ajouta :

— Il y a vingt minutes que je vous attends. On va rigoler.

J'ouvris la porte, et je me tournai vers le groupe.

— Mes chers amis, leur dis-je, je ne suis pas en état de rire. Je désirerais avoir seulement une conversation particulière avec Mademoiselle. Elle me fera suffisamment confiance pour monter seule chez moi ; je la raccompagnerai à son hôtel. Pour vous, si vous voulez être gentils, vous allez rentrer chez vous. Grasset, Peluque te racontera...

— Je lui raconterai là-haut, dit vivement le philosophe. Nous causerons sur ton divan, en buvant ces bouteilles. Ce soir, tu as besoin de nous. L'amitié nous impose un devoir nettement tracé : nous n'y faillirons pas.

Il m'écarta, et fit entrer la jeune femme. Le poète suivit, une bouteille sous chaque bras.

Je fus un instant désespéré ; puis je me résignai : à tout le moins, nous allions parler d'elle...

Chez moi, Grasset posa ses bouteilles sur le coin de la cheminée, et s'effondra dans un fauteuil. La servante, assise au bord du divan, ôtait son chapeau.

Peluque entreprit de déboucher l'un des flacons de Grasset.

Il contenait du pippermint. Je m'assis à mon bureau, et je considérai avec une tristesse poignante le petit calendrier. Le poète désigna du doigt la jeune femme :

— Panier, me dit-il à haute et intelligible voix, où avez-vous trouvé cette grenouille ?

Fort heureusement, elle ne comprit point qu'il parlait d'elle, étant fort occupée à regarder son image dans un miroir de poche.

— Panier, reprit-il avec mystère, il y a dans cette maison quelqu'un qui te veut du mal.

Je ne répondis rien.

— Si j'étais toi, je déménagerais demain ; pour te faire casser la figure, on a changé la rampe de côté.

Cette déclaration stupéfiante fut accompagnée d'un ricanement.

Peluque se tourna vers Grasset et le saisit par les épaules. L'ayant considéré quelques secondes, il éclata de rire et s'écria :

— Il est ivre...

Le poète prit d'abord un air indigné ; puis ses traits se détendirent, et il dit avec bonhomie :

— C'est Lemeunier...

Il ajouta après un silence :

— Je ne sais pas très bien ce que je dis, mais je sais ce que l'on me dit. Raconte-moi l'histoire.

— Quelle histoire ? dit Peluque.

— L'histoire de Panier. Qu'est-ce que ça signi-

fie de nous mettre à la porte ? Que veut dire ce
« Laissez-moi seul » plein de mépris ? Et pourquoi
cette petite fille aux yeux sombres est tout à coup
remplacée par la grenouille aux yeux clairs ?

Peluque commença par offrir à chacun de nous
un verre de pippermint, et assis auprès de la
servante dont il caressait distraitement la main, il
raconta au poète mon bonheur, et mon malheur.

Quand il eut fini, Grasset parla :

— Tiens, dit-il, la mystérieuse petite fille sortait
de la cuisse d'un cambrioleur... C'était un beau
parti de mariage, vraiment... Jacques, tu aurais pu
abandonner la librairie ; après t'avoir « mis au
courant » le beau-père t'aurait certainement cédé
son « entreprise »... O police malencontreuse, qui
t'a fait perdre une aussi brillante situation...

Je lui répliquai vertement ; Peluque s'interposa,
et nous força de boire coup sur coup deux verres de
curaçao.

Je causai avec la servante, lui posant mille
questions : mais la présence de Grasset, qui souriait diaboliquement, et hoquetait de temps à
autre, me gênait. D'autre part, la jeune femme me
répondait avec une certaine distraction, tandis que
Peluque lui pinçait tendrement les bras et le cou.

Vers minuit, excédé, je proposai de boire une
rasade d'adieu : nous en bûmes deux, pippermint
et curaçao ; mais j'eus le plaisir de les voir se
préparer au départ.

A ce moment, nous entendîmes dans l'escalier
une voix retentissante qui demandait de la

lumière. Peluque tourna le commutateur et quelques secondes plus tard, Lemeunier entra.

Il portait dans ses bras un billard circulaire qui avait bien quatre pieds de diamètre. Sans un mot, il déposa cet appareil sur ma table de travail et redescendit en grande hâte. Il reparut au bout de cinq minutes, portant deux paniers et une boîte verte.

Il déposa les deux paniers dans un coin, et déclara :

— Ça, ça sera pour finir.

Puis, ouvrant la boîte, il en tira plusieurs poires de caoutchouc rouge, munies d'un tube nickelé.

— Lemeunier, lui dit Grasset, Peluque va te raconter la triste histoire de Jacques Panier.

— Pas d'histoire, dit Lemeunier. (Il se tourna vers la jeune bonne et s'inclina.) Salut, princesse. Aucune espèce d'histoire. Inutile de raconter, je n'écoute pas. Jouons au billard.

Il nous fit asseoir autour de la table ; je n'eus pas la force de protester, d'autant qu'une ivresse vague enveloppait ma morne douleur.

Il donna à chacun de nous une de ces poires, puis, ayant tiré de sa poche une petite boule en liège, il la mit au centre du billard.

— Il s'agit, dit-il, de souffler sur cette boule au moyen de cette poire. Il faut l'envoyer dans les trous voisins, mais l'empêcher de tomber dans celui qui se trouve devant vous. Chaque fois que la boule entre dans l'un des trous, le gardien du trou perd un point ; chaque fois que l'on perd un point, les autres boivent un coup. Avis.

Ce jeu était plaisant ; nous fîmes un grand nombre de parties, et la bouteille de curaçao baissait fort vite. Vers deux heures du matin, Lemeunier annonça :

— Intermède. *Circenses.*

A ces mots, il prit les deux paniers. Avec beaucoup d'application, il parvint à ouvrir le premier : il en tira un énorme chat noir. Peluque souleva le couvercle du second : il contenait un chat gris, qui, pelotonné dans le fond, ne faisait pas un mouvement. Lemeunier jeta le chat noir sur le chat gris, et rabattit promptement le couvercle. Puis, saisissant le panier, il se mit à l'agiter violemment.

Tantôt il le secouait, comme font les maîtres d'hôtel qui agitent dans une carafe les mayonnaises mal réussies ; tantôt il le faisait tournoyer à bout de bras, et le choquait assez rudement contre les meubles et les murailles. Enfin, il le lança sur le parquet.

Des miaulements horribles en sortaient ; la boîte d'osier, animée de furieux soubresauts, se mit à rouler d'elle-même, avec des bonds et des changements de direction imprévus. Au bout de quelques minutes, tout se stabilisa, et les miaulements se turent.

— Ils se reposent, dit Lemeunier. Deuxième partie de billard.

Je ne pourrais dire précisément ce qui se passa

ensuite. J'avais bu un grand nombre de petits verres par la faute de la servante.

Cette fille, que troublaient les invisibles manœuvres du philosophe, perdait à chaque instant un point ; suivant la règle du jeu, Lemeunier forçait les autres joueurs à ingurgiter un verre d'alcool... Une hébétude ensommeillée me gagna lentement... La face de la petite fille m'apparut avec une expression de reproche et de tristesse... Je m'endormis peu après avoir reçu au visage le contenu d'un verre à liqueur.

Mon sommeil fut hanté de visions pénibles, mêlées de rêves idylliques. Je revécus tout entière la nuit surnaturelle du plateau Longchamp. Puis la bataille de chats dans le panier se confondit avec celle des lions ; la cage de fer aux barreaux gris roulait toute seule le long d'un boulevard : les lions s'y déchiraient avec d'atroces miaulements, tandis que la petite fille me suppliait d'ouvrir cette cage et me tendait dans ce but une pince-monseigneur... Mais je refusais de toucher à cet outil, qu'elle trempait de ses pleurs.

Lorsque je m'éveillai, je fus bien étonné. J'étais effondré dans une bergère, et coiffé d'un chapeau de femme en paille tête-de-nègre. Sur ma figure séchait un affreux mélange de curaçao, de larmes et de pippermint. Assis à terre, et adossé contre mon lit, Grasset dormait, les mains dans les poches de son veston. Sur le lit, Peluque et la bonne gardaient dans leur sommeil une attitude immodeste. Sous mon bras, Lemeunier, la face contre terre, ronflait avec peine ; et dans un beau rayon de soleil, au milieu de la chambre, parmi des soufflements enragés, un grand panier jaune dansait fantastiquement sur un coin...

SUITE ET FIN DU RÉCIT
DE LOUIS-IRÉNÉE PELUQUE

Je me flatte d'avoir, dans la nuit étrange dont on vient de lire le récit, épargné à mon ami Jacques une pénible crise de désespoir.

L'ivresse de l'alcool est parfois une grande ressource contre le chagrin ; elle peut retarder l'explosion de la douleur ; et chaque fois qu'on la retarde, on en atténue la violence.

Je ne le quittai point pendant les deux journées qui suivirent et qui furent lamentables. Nous ne parlâmes que de la petite fille, des cambrioleurs, de la police, et des chances qu'il avait de recevoir une lettre. La jeune servante (qui prit sur mon catalogue le numéro 87 de la série N. P.) revint le surlendemain pour lui parler de la petite fille ; et le troisième jour une lettre arriva.

Elle disait peu de chose, avec une émouvante simplicité.

« Jacques, je vous jure que je ne me doutais de rien, si j'avais su cette chose, je n'aurais jamais osé vous regarder. Ne me cherchez pas. Brûlez cette lettre. Je vous aimerai toujours, mais je ne vous reverrai jamais. »

L'enveloppe portait le timbre de Paris.

Ayant baisé ce papier au point de le ramollir, Jacques se précipita sur sa valise de cuir.

— Je la retrouverai, Irénée, je suis sûr que je la retrouverai...

— Où vas-tu ?

— A Paris.

— Paris est grand...

— Je reprendrai contact avec ma maison d'éditions, et j'y resterai autant qu'il sera nécessaire. Je fouillerai toute la ville... Je sais que mon étoile...

— Il n'y a que les rois mages qui fassent des rencontres par l'intermédiaire d'une étoile. Je crains bien que tu ne la revoies jamais...

Mais il était plein d'illusions, et animé d'une volonté farouche... Je l'aidai, tout en fumant ma pipe, à ranger dans cette valise une grande quantité de lingerie.

A sept heures, nous sortîmes ensemble ; il allait dîner chez ses parents ; en passant sur la Plaine, il s'assura les services de Denis, le portefaix.

Je le quittai sur la porte paternelle ; son allure était pleine d'assurance, ses yeux brillaient.

— Je serai à la gare à huit heures, dis-je ; nous causerons encore un moment.

— A tout à l'heure.

Comme je rentrais chez moi, je rencontrai le poète Grasset qui, dans la rue Ferrari, suivait une souillon.

— La petite fille a écrit une lettre, lui dis-je. Elle ne dit pas où elle est, mais la lettre vient de Paris.

Jacques part ce soir au train de huit heures cinquante.

Il se mit à rire et me dit :

— Allons, tant mieux... Je serai à la gare.

Nous y arrivâmes presque en même temps tous les trois. Jacques plein de confiance, moi sceptique, Grasset chantonnant et ricaneur.

Nous passâmes sur le quai. Il était à peine huit heures et dix minutes. Assis sur un banc, nous devisâmes.

— Jacques, dis-je, fais un peu le bilan de cette aventure. Evoques-en les péripéties, et compare-les à tes discours.

Il parut m'écouter à peine, mais je continuai.

— Tout d'abord, tu m'as déclaré que tu n'aimerais jamais personne. Ah non... Tu étais bien trop malin...

Grasset ricana silencieusement.

— Tu prétendais — avec raison — qu'un amoureux est la dupe de la Nature : elle se sert de lui en vue de buts qu'il ne soupçonne pas ; et tu ajoutais — avec plus de raison encore — qu'un amoureux est ridicule parce qu'il ne se rend pas compte du rôle qu'il joue... Tu disais même que chacun d'eux s'imagine que personne avant lui n'aima si magnifiquement, et qu'il vient d'inventer l'amour... Tout cela était fort bien exposé...

» Or, tu rencontras cette charmante Yvonne ; et

tu l'aimas, mon ami, tu l'aimas dès l'abord, sentimentalement et platoniquement... Tu n'osas point l'aborder, ô le plus transi des amoureux !...

Il ne disait rien, mais souriait avec une vague confusion.

— Alors, tu nous expliquas longuement l'étrange nature du sentiment qui te poussait vers elle.

» Ce fut d'abord quelque chose de Pythagoricien — tu appelas même en témoignage l'ombre de Bibulus...

Grasset se mit à rire de tout cœur.

— Puis, Lemeunier, entre deux randonnées à pétrole, te conta la fable du jeune homme frisé : tu reconnus alors que ce sentiment avait quelque chose de plus humain, de moins métapsychique ; toutefois, tu éprouvais encore le besoin d'y mêler les soleils, les planètes, Jules Laforgue, et toute une salade astronomico-littéraire. Enfin, je te conduisis à un rendez-vous, rendez-vous combiné et mis en scène par moi seul : et voici que Bibulus, Pythagore, les planètes et Laforgue ne servent plus de rien. Ce sentiment supra-terrestre, si pur et si étrange, emprunta soudain les gestes de la plus banale, de la plus vulgaire passion...

— Jacques, tu l'as aimée tout simplement, tout bêtement : ainsi Catulle aima Lesbie, ainsi Musset aima George Sand, ainsi l'épicier d'en face aime son épicière : il n'y a pas deux façons d'exécuter la consigne. Et comme tous, tu fus une dupe...

Grasset s'écria :

— Il y a quelque chose de plus ridicule encore qu'un amoureux, c'est un philosophe ; et il y a quelque chose de plus burlesque qu'un philosophe : c'est un philosophe amoureux.

Je repris :

— Il est vrai que ton cas se distingue de celui de l'épicier du coin : car, au ridicule de l'amour, tu ajoutas ta burlesque prétention d'échapper à la loi commune. En as-tu conscience, au moins ?

— Au diable les théories, dit-il en haussant les épaules : je veux la revoir, et je la reverrai.

— Mais quand ? demanda Grasset, non sans ironie.

— Demain, dans un mois, dans un an. Je sais que je la retrouverai. Un amour comme le nôtre ne se soucie point du temps. Il est simple, il est fort, il résiste aux mois et aux années...

— Mais si tu la retrouves mariée ?

— Ce n'est pas possible, dit-il dans un cri de fureur. Et puis, quels que soient le lieu, l'heure, les circonstances, je sais qu'elle redeviendra pour moi la petite fille aux yeux sombres, que je pressai contre mon cœur, dans le silence tiède d'une nuit de juin ; et si c'est tard, bien tard, dans des années, si l'âge nous a changés aux yeux des autres, nous serons, à nos yeux à nous, restés les mêmes ; et elle m'accueillera avec plus d'émotion encore, plus de tendresse recueillie... car tendrement et doucement, au creux fané de mes mains jointes, je lui rapporterai comme un oiseau blessé sa claire jeunesse envolée...

Au train de huit heures cinquante, Jacques Panier partit pour Paris, en compagnie d'une belle valise en peau de vache.

Longuement, nous agitâmes sur le quai le mouchoir des adieux. Grasset me fit observer que cette coutume néfaste est sans doute la cause de l'éternel coryza des chefs de gare ; car, au moment où ils gonflent d'air leur cage thoracique (préparation au coup de sifflet), ils aspirent du même coup tous les germes qui voltigent sous les halls.

Redescendant de la gare, nous causions tous les deux amicalement.

— Cette comédie vient de finir par où elle aurait dû commencer, me dit le poète. Jacques est sauvé. Il oubliera la fille sensible du cambrioleur fugitif. Nous le reverrons dans trois mois, souriant et parfaitement guéri.

Son ombre courte dansait devant lui ; il leva la tête et regarda un moment le ciel étoilé.

— Et puis, dit-il de sa voix si tranquille, tout cela n'a aucune importance. Jouir ? Souffrir ? Y a-t-il tant de différence ? Jacques a perdu la raison ; toi, tu ne l'as jamais eue ; la mienne est faussée par une maladie d'estomac. Serions-nous plus heureux si nous étions heureux ? Qu'est-ce que cela peut faire aux étoiles ? Regarde comme elles brillent. Elles brilleront pareillement au soir de notre mort... Et la disparition de Louis-Irénée Peluque n'empêchera point la lune de déshonorer le ciel et la terre par son crétinisme souriant. Ah... Tout ça est bien compliqué, bien compliqué...

Nous allâmes jouer aux échecs dans une brasserie voisine ; et, ayant commis l'imprudence de lui rendre une tour, je fus échec et mat en moins d'une heure et demie, pendant que Jacques Panier s'en allait vers ses amours : j'ai le regret de vous dire qu'il ne les retrouva jamais.

Neuf ans plus tard j'ai revu la petite fille aux yeux sombres.

Ce fut par un après-midi de juillet... Elle passait sur le cours du Chapitre, poussant une voiture d'enfant qui contenait un bébé joufflu, à l'air animal, comme tous les bébés.

En honnête mère de famille, elle était vêtue d'un tailleur gris, confectionné par quelque couturière de quartier.

Auprès d'elle, marchait un homme d'environ trente-cinq ans, petit, rondelet, et muni d'une forte moustache noire : je le reconnus pour un sous-chef de bureau du service des Docks, du nom de Fèque. Il tenait par la main une fillette de trois ans, qui se suçait le doigt.

J'évitai de me faire voir : mais je suivis le couple, et je regardai longtemps la petite fille.

Je remarquai ses épaules plus rondes, sa taille épaisse, sa démarche un peu lourde et bourgeoise : je vis avec tristesse son cou gras et ses mains ternes.

Le visage, sous le chapeau de paille marron, me parut bien changé ; le nez s'était accentué, les coins de la bouche commençaient à se marquer et l'ombre légère, le duvet qui autrefois veloutait à peine la lèvre supérieure, s'accusait déjà fortement : encore cinq ans, et il prendrait le nom de moustache... Seuls, les yeux étaient restés d'un noir magnifique ; mais leur expression était calme et satisfaite... Pauvre chère petite fille... Elle marchait paisiblement sous le soleil d'été : elle ne savait pas qu'elle était morte...

Laide ? Non pas ; on pouvait reconnaître en elle une très jolie femme approchant la trentaine. Certainement, M. Fèque avait raison de bomber la poitrine, et de marcher fièrement à côté de son bien ; je crois que, bien vêtue, elle eût encore éclipsé beaucoup de riches bourgeoises qui brillent au bord des loges des théâtres.

Mais je songeais à la longue et souple jeune fille... J'évoquais le corps svelte, léger et musclé, le fin visage si pâle d'amour et les beaux yeux mouillés de lune sous la splendeur d'une nuit de juin.

Je n'avais jamais eu pour elle qu'une très pure amitié : et pourtant je souffris affreusement.

Dans mon enfance, je considérais les gens comme ayant toujours été, à peu de chose près, ce que je les voyais être. Ainsi, ma mère était ma mère, avec des bandeaux noirs semés de gris, et quelques petites rides ; une femme de trente ans était une femme de trente ans, comme une table est une table, comme un encrier est un encrier. Je n'avais pas encore la notion de la durée.

L'expérience, depuis, m'avait donné cette notion ; mais, entre concevoir et voir, il y a un grand pas... Ce jour-là, je vis.

Je vis avec une netteté et une simplicité douloureuse qu'une femme de trente ans et une jeune fille c'est la même chose ; une petite question de dates les sépare... Puis, les bandeaux noirs grisonneront, et ils seront bientôt tout blancs. Puis, une vieille dame quittera ce monde... Et la claire jeune fille sera morte avant qu'on ait eu le temps de l'aimer...

Vieillir... Mourir... Quelles choses bêtes, cruelles et inutiles...

Je ne parlai jamais à Jacques de cette rencontre. A quoi bon ?

Mais, avant-hier soir, je me trouvais chez lui, en compagnie de Grasset, qui dirige une des plus importantes revues françaises. Ayant croqué de fins biscuits, nous bûmes un thé bien préparé. Nous causâmes un moment de nos entreprises : beaucoup de mes lecteurs n'ignorent pas que Jacques Panier est aujourd'hui l'un de nos principaux éditeurs d'art. Nous feuilletâmes le premier exemplaire d'une magnifique édition de Baudelaire. Puis je lui lus le précédent chapitre qui devait terminer cet épisode de ses mémoires. Il m'écouta avec un grand plaisir, mêlé d'un peu d'émotion à cause de tant de souvenirs. Puis Grasset, du fond d'un divan aux coussins noirs, dit :

— Ça finit mal. Ou plutôt, ça ne finit pas du tout.

— En effet, dit Jacques. Le lecteur ne verra là-dedans qu'une histoire d'amour interrompue par la police...

— Il est dommage que tu n'aies pas revu cette Yvonne, reprit le poète. On aimerait savoir ce qu'elle est devenue... Elle doit être à l'étranger... Sans cela, la police aurait retrouvé son père...

Il y eut un silence.

— On pourrait inventer un dénouement, reprit le poète.

— Pour ça, non, dit Jacques nettement. Mes mémoires sont des mémoires. Ils ne contiendront rien que d'exact.

Mon petit secret me pesait. Le moment me parut propice à ventiler le coin de mon âme où je le conservais, et qui commençait à sentir le renfermé.

Le soir tombait au-dehors ; j'entendais par la fenêtre ouverte chanter une rainette au fond d'un jardin. Grasset était à ma gauche, vautré dans le divan. Jacques était assis en face de moi à contre-jour. Je ne voyais plus son visage ; ses doigts jouaient avec un coupe-papier d'ivoire mince.

J'hésitai un peu ; il m'avait parfois parlé de la petite fille avec une grande tristesse ; mais je savais qu'il avait eu, depuis ces neuf années, une belle demi-douzaine de maîtresses ; je me décidai.

— Jacques, j'ai revu la petite fille aux yeux sombres.

Il leva la tête brusquement.

— Tais-toi, crétin, dit Grasset.

— Où l'as-tu vue ? s'écria Jacques. Quand ?

— Il y a longtemps, dis-je, soudain effrayé par son émoi.

— Pourquoi ne m'as-tu pas prévenu ? Irénée, je l'ai tant cherchée... Où était-ce ? Quand ?

— Ici même... Elle partait pour les colonies...

Il joignit les mains.

— Mais où allait-elle ? Parle, voyons... Etait-elle... seule ? Mais ne sais-tu pas que lorsque je passe dans les rues de nos rencontres, mon cœur bat comme autrefois ? Ne sais-tu pas que son souvenir ne m'a jamais quitté ? Et toujours il me semble que je vais voir venir au loin, sous les platanes, la ganse noire de son chapeau... La revoir... Ah ! la revoir...

Grasset me faisait mille grimaces, et disait, à mi-voix :

— Crétin !... Concierge !... Il a une langue de pendu...

Je ne lui répondis pas et je me tournai vers Jacques.

— Mon ami, je ne t'ai rien dit à ce moment, et j'estime que j'ai bien agi envers toi... Te souviens-tu du portrait que tu me fis d'elle, lors de notre première rencontre ? Tu la déclarais bourgeoise, égoïste, pratique : c'était moi qui la défendais à cette époque ; j'avais tort, et tu avais raison. Elle était tout cela, comme l'immense majorité des jeunes filles. Mais comme toutes, elle portait en elle Juliette : c'est celle-là que tu as connue, dans sa beauté la plus pure, la plus fraîche ; dans sa jeunesse, sa jeunesse si affreusement momentanée... Tu as eu d'elle tout ce qu'elle pouvait donner, tout, et plus encore, et toute la beauté qui était en elle, toute la beauté qui était en toi et dont tu l'auréolais, forment ce souvenir émouvant et magnifique... Jacques, elle est bien changée...

Il était devenu très grave.

— Est-elle laide ? me demanda-t-il doucement.

— Non ! c'est une belle jeune femme... Elle est mariée, Jacques, avec un honnête bourgeois...

Le coupe-papier d'ivoire se rompit avec un bruit sec.

— Elle est mère...

Il se leva violemment.

— Crois-tu qu'elle a oublié cette nuit ? dit-il d'une voix vibrante et contenue. Ne sens-tu pas que ma seule présence eût réveillé en elle...

— Telle qu'elle était jadis, elle n'eût jamais oublié... Mais elle n'est plus elle, Jacques... Et si ce souvenir est resté dans sa mémoire, elle ne le comprend plus, elle n'en sait plus l'inégalable valeur... Elle m'a semblé bien satisfaite... Et même, si elle quittait tout pour te suivre, crois-tu revivre la nuit divine ? Où est ta jeunesse ? Jacques, Jacques, les secondes que tue la pendule sont bien mortes, mortes pour jamais... Ta vue ne réveillerait pas en elle la jeune fille aux yeux sombres : on réveille les gens qui dorment : on ne réveille pas les morts...

Il demeure immobile, dans le grand fauteuil, la tête baissée ; et soudain, je lui parle simplement et doucement.

— Jacques, elle n'est pas aux colonies... Elle est ici. Mais prends garde... Veux-tu conserver le beau souvenir ? Je sais son nom, je sais son adresse. Veux-tu la revoir ?

Il y a un grand silence. On entend tomber un morceau du coupe-papier d'ivoire. Puis, très lentement, de la tête, il me fait signe que non.

Les Secrets de Dieu

Les Sermordoniques

C'est une histoire que mon grand-père me raconta, il y a plus de cinquante ans. Il l'avait entendue cinquante ans plus tôt, pendant son Tour de France : c'est la Mère des Compagnons qui en avait fait le récit, un soir, à la veillée. Elle l'avait elle-même apprise de sa grand-mère, qui la tenait d'une très vieille demoiselle qu'elle avait servie dans sa jeunesse. Voilà un bien grand nombre d'intermédiaires ; mais l'histoire est si simple qu'elle n'a pu être déformée, du moins pour l'essentiel.

Quelques années avant la Révolution, il y avait en basse Bretagne, sur une éminence, un très joli château Louis XIII, au milieu d'un parc de vieux chênes, au bout d'une allée de tilleuls. Ce parc était cerné par les maisons d'un petit bourg, ou plutôt d'un gros village, entouré lui-même de fermes, de champs et de prairies, au centre d'une vaste lande déserte.

La ville la plus proche se trouvait à deux bonnes

lieues, mais la première narratrice n'a jamais voulu la nommer : on saura tout à l'heure pour-quoi.

Le château était habité par une très riche comtesse, dont le mari, qui avait été un vaillant officier, était mort fort bêtement de la variole, alors qu'il avait la faveur du roi, et qu'un brillant avenir lui était promis.

Mme la comtesse était une grande et forte femme, qui avait une voix d'homme, et montait ses chevaux comme un écuyer. Elle avait presque toujours une cravache à la main, mais elle ne s'en servait que pour fouetter ses bottes. Parce qu'elle n'avait pas eu d'enfants, elle s'occupait maternel-lement de ceux de ses fermiers et tout le monde l'adorait.

Dans son personnel domestique, elle avait deux chambrières qui s'aimaient comme deux sœurs.

Nathalie n'était pas très belle, mais fraîche et dodue, tandis que Louison, une brune aux yeux verts, brillait de tout l'éclat de ses vingt ans.

Elles vivaient toutes les deux parfaitement heu-reuses, lorsqu'un matin d'avril, Mme la comtesse ramena de la ville un nouveau jardinier, qui était jeune et beau. Tout naturellement il tomba amou-reux de Louison ; elle répondit bientôt à ses avances, et il vint la rejoindre chaque nuit dans sa chambre, en profitant d'un gros chêne, dont une longue branche s'allongeait jusqu'à la fenêtre de sa belle.

Naturellement, elle s'aperçut un jour qu'elle allait avoir un enfant.

Le jardinier était honnête et il aimait Louison tendrement. Ils décidèrent donc de se marier, et d'en demander la permission à Mme la comtesse dès le dimanche suivant, au retour de la messe.

Par malheur, ils étaient ce jour-là sous une mauvaise étoile. Dans la nuit du samedi, jour de Saturne, comme l'amoureux allait rendre visite à sa fiancée, un coup de vent soufflé par le diable le jeta au bas de la branche, et le gentil garçon tomba dans les bras de la Mort, qui le guettait depuis le premier jour.

La pauvrette fut désespérée, tant par la perte de son amour que par la naissance prochaine d'un enfant sans père. C'était à cette époque un irréparable malheur. Elle savait que Mme la comtesse, malgré sa bonté, serait forcée de la renvoyer dans sa famille ; que son père la cacherait dans un grenier ou une cave, et que sa mère en mourrait de honte et de chagrin.

Comme sa maternité ne datait que de deux mois, Nathalie lui conseilla d'aller voir la sorcière du village, qui avait délivré d'un pareil souci quelques filles imprudentes. La vieille donna à Louison la tisane du diable qui fait avorter toutes les femelles, et lui conseilla de descendre les escaliers au galop plusieurs fois par jour.

La pauvrette but l'amère décoction chaque semaine, et galopa cruellement matin et soir.

De plus, pour cacher son état, elle serrait

fortement ses hanches dans une large ceinture de toile, avec l'aide de Nathalie.

Le seul résultat qu'elle obtint, ce fut une grande faiblesse ; son jeune visage perdit ses belles couleurs, ses joues se creusèrent, tandis que ses oreilles paraissaient grandir.

Vers le terme de sa grossesse, elle ne put quitter son lit.

Par bonheur, Mme la comtesse était allée passer quelques jours chez M. le chevalier des Ombrées, dont l'épouse était son amie depuis le couvent.

C'est à la veille de son retour qu'au milieu de la nuit la pauvre Louison mit au monde une petite fille, puis s'endormit et mourut, pendant que Nathalie, désespérée, constatait que l'enfant était contrefaite : une épaule remontait jusqu'à l'oreille, ses jambes étaient inégales et ses doigts trop courts étaient recourbés en forme de griffes.

Lorsque Mme la comtesse arriva, on ne put lui cacher ce double malheur.

Elle fouetta violemment ses bottes, et envoya chercher le docteur du village qui était un homme encore jeune, mais fort savant, car il avait étudié à Paris.

Pour la malheureuse mère, il déclara qu'il ne restait qu'à l'enterrer. Puis il examina assez longuement le bébé, et dit :

— Le cœur est bon, mais il est heureusement très probable que cette pauvre créature ne vivra pas. Si pourtant elle doit vivre — et nous le saurons dans deux ou trois jours — je pense que le meilleur service à lui rendre sera de l'étouffer entre deux oreillers.

Mais la comtesse répliqua furieusement que c'était là une idée sacrilège ; que la petite créature avait une âme créée par Dieu lui-même, et que si Sa volonté était qu'elle vécût, nul n'aurait le droit — même par charité — d'y contrevenir.

— Vous voulez donc, dit le docteur, lui imposer une vie de martyre ? Sachez que ses malformations ne peuvent que s'accentuer. Elle ne sera probablement pas capable de marcher ; ses mains seront très difficilement utilisables ; quant à son esprit, je crains bien qu'il ne soit aussi gravement touché que son corps.

— Que la volonté de Dieu soit faite, dit la comtesse. Il a puni cruellement ses parents à cause de leurs amours coupables, et s'il m'a confié cette enfant difforme, ce n'est certainement pas sans raison : je suis persuadée qu'il a voulu m'offrir l'occasion de racheter mes fautes et mes péchés... Je veux donc être la marraine de l'orpheline. Elle s'appellera Elisabeth, comme moi. Allez tout de suite me quérir la plus belle nourrice du pays ; dites-lui qu'elle aura des gages triples, qu'elle mangera à ma table, qu'elle sera servie par Nathalie, et qu'elle gagnera en même temps que moi son Paradis.

La petite Babette ne mourut pas et la généreuse femme veilla sur son enfance avec la tendresse et la patience d'une véritable mère.

La pauvre Nathalie, qui avait donné le mauvais conseil, jura devant l'autel de la Vierge de sacrifier sa vie à la petite infirme, et l'on verra qu'elle tint parole jusqu'au bout.

La comtesse installa le docteur au château, mais sa science et son dévouement ne purent rien pour redresser les vertèbres déviées, ou rendre leur libre jeu à des articulations bloquées. Comme l'homme de l'art l'avait tristement prévu, elle ne pouvait se déplacer qu'en faisant pivoter son torse pour lancer en avant une jambe, et franchir ainsi un très petit pas, parce que ses genoux semblaient attachés l'un à l'autre, et ses mains inachevées pouvaient à peine saisir sa nourriture.

Pourtant, à quinze ans, son visage, tourné définitivement vers son épaule droite, était d'une étrange beauté. Sous une épaisse chevelure de soie blonde, de très grands yeux noirs, un teint très blanc, des traits d'une harmonie parfaite, des dents égales et brillantes : mais son esprit, comme son corps, était infirme ; elle ne put jamais parler le langage des hommes.

Non pas qu'elle fût sourde : au contraire, elle avait l'ouïe des bêtes sauvages ; bien avant tout le monde, elle entendait le galop lointain du cheval de Mme la comtesse, et le chant des oiseaux la ravissait. On s'aperçut bientôt qu'elle les comprenait, et qu'elle savait leur répondre en les imitant.

Assise devant la fenêtre ouverte, elle parlait pendant des heures aux pinsons ou aux merles du parc. Le soir, un vieux corbeau qui habitait au sommet du chêne fatal descendait dans les basses branches, et ils tenaient des conversations qui avaient parfois le ton d'amicales confidences, parfois celui d'une querelle volubile. Souvent, sur une réponse de l'oiseau, elle éclatait de rire, tandis que Nathalie faisait en grande hâte des signes de croix et murmurait des exorcismes : on sait bien que le corbeau, c'est l'oiseau du diable, et qu'il ne parle qu'aux sorcières.

D'autre part, il y avait un gros chat noir, qui disparaissait dans la journée mais revenait chaque soir dormir auprès d'elle : chose étrange, il dormait étendu sur le dos, et les bras croisés, comme un homme.

Timidement, Nathalie confia ses craintes à Mme la comtesse qui ne fit qu'en rire ; cependant elle en parla à Monsieur le curé. Il répondit :

— Il n'y a qu'à la voir à la messe. Elle ne comprend peut-être pas, mais elle sait, et je vous dis en vérité qu'elle est plus près de Dieu que nous.

Elle avait seize ans lorsque d'étranges nouvelles arrivèrent de Paris, par M. le chevalier des Ombrées.

Le roi Louis XVI avait fort imprudemment accepté la réunion des Etats généraux, afin d'entendre les avis de tout son peuple, et surtout les plaintes des pauvres, qui étaient son grand souci.

M. des Ombrées avait été l'un des représentants de la noblesse. Il vint annoncer que toute l'affaire, malgré la générosité des seigneurs qui avaient renoncé à leurs privilèges, prenait une fort mauvaise tournure : le petit peuple, excité par d'abominables canailles, avait attaqué la prison royale et assassiné le gouverneur qui avait eu la faiblesse de leur ouvrir les portes. Le chevalier n'était venu que pour apporter ces graves nouvelles et parler à ses propres paysans ; il repartit pour Paris le lendemain.

Le petit bourg était si bien perdu dans la lande que les nouvelles de la Révolution n'y parvenaient qu'avec de très longs retards, et elles étaient si étranges que la comtesse refusait d'y croire, et se gardait bien d'en faire part à ses paysans, qui n'avaient d'ailleurs aucune envie de se révolter.

La vie continuait donc, presque normale, lorsque le chevalier des Ombrées reparut, grandement amaigri, et les cheveux blancs.

Il venait de passer deux années dans les geôles républicaines, avant de réussir à s'en évader. Il annonça que le roi, jeté en prison, puis jugé, venait d'être décapité à la machine ! Heureusement, les provinces commençaient à se révolter : des troupes royalistes s'assemblaient en Vendée : elles allaient marcher sur Paris, sous le commandement de M. de Charette, il fallait donc donner des armes aux paysans les plus jeunes, et courir à ce rendez-vous.

Mme la comtesse envoya aussitôt chercher son notaire, et resta enfermée avec lui dans son cabinet toute une matinée, pendant qu'on décrochait des panoplies du château : les mousquets, les pistolets, les épées et les sabres des aïeux ; puis, ses beaux cheveux convenablement raccourcis, et vêtue d'un uniforme de feu son mari, elle monta son meilleur cheval ; un poignard à la ceinture et deux gros pistolets dans ses fontes, elle partit à la tête d'une vingtaine d'hommes, qui suivaient six charrettes de vivres : on ne devait plus les revoir.

La comtesse avait confié au docteur la garde du château, des femmes, des enfants et des vieillards du bourg. Il s'y dévoua corps et âme en rassurant les uns et les autres, et en organisant une distribution équitable de la nourriture. Chaque semaine, sur un très vieux cheval qu'on ne montait plus depuis des années, il allait aux nouvelles à la ville lointaine.

Il en rapporta un soir de bien tristes : la guerre civile de Vendée était terminée, et l'armée royaliste taillée en pièces. Cependant, une partie des troupes avait pu échapper au massacre ; il lui resta donc un faible espoir, et il passait des heures entières sur la plus haute terrasse du château, scrutant l'horizon circulaire... C'est ainsi qu'un jour, au coucher du soleil, il vit surgir une troupe, que précédait un cavalier, et que suivaient quelques chariots.

Il allait descendre pour annoncer la grande nouvelle, lorsqu'un doute le saisit : cette colonne lui parut un peu trop longue... C'était un bataillon de « bleus », qui fit son entrée dans le bourg le mousquet à l'épaule, en chantant des hymnes révolutionnaires.

Leur capitaine déclara qu'il était chargé, par le gouvernement de la République, de vérifier le patriotisme des citoyens et de leur imposer la nouvelle devise : Liberté, Egalité, Fraternité.

En conséquence, il s'installa au château avec une douzaine de sergents et un certain nombre d'éclopés et de malades ; il ordonna de soigner ces héros, victimes de leur dévouement à la République.

Le docteur maîtrisa ce dangereux imbécile en proclamant sa haine des nobles : il lui fut ainsi permis de conserver auprès de lui la petite infirme dont il avait la garde, et la fraîche Nathalie, que le capitaine préserva de plusieurs viols consécutifs en la réservant à son usage.

Pendant que le docteur soignait les « héros », les autres républicains pillaient le village et troussaient les filles. En quinze jours, ils vidèrent les caves, les greniers, les poulaillers, les bergeries et ils pendirent sur la grand-place trois vieux paysans qui avaient prétendu défendre leurs biens.

Le village vivait donc dans la terreur et la misère ; mais un soir l'un des malades que le docteur soignait en vain comprit qu'il allait mourir.

Touché par le dévouement de Nathalie, il lui avoua la vérité : toute la troupe n'était composée que de déserteurs et de bandits de grand chemin, qui avaient déjà pillé plusieurs villages et qui redoutaient une rencontre avec les soldats de la République.

Le docteur, informé, fit venir deux petits paysans de douze ans, braconniers émérites, et les chargea d'un message pour son ami, le chirurgien de la ville voisine. Les courageux enfants qui savaient tous les sentiers réussirent à sortir du bourg sans être vus par les sentinelles et marchèrent toute la nuit. C'est ainsi que le surlendemain, à l'aube, le village était cerné par un fort détachement de troupes de la République.

Quelques-uns des pillards essayèrent de se défendre : ils furent abattus sur place. Un certain nombre purent fuir, les autres furent jugés en quelques minutes et pendus aux arbres du parc. Enfin, le docteur, qui avait mis un bonnet rouge et chantait *la Carmagnole* avec une véritable férocité, fut nommé Commissaire de la République par le commandant des libérateurs, avec pleins pouvoirs sur le bourg, et les troupes se retirèrent sous les bénédictions des derniers habitants.

Alors, on coupa les cordes des pendus, à la grande indignation des corbeaux, les vieux paysans sortirent de leurs cachettes les vivres qu'ils avaient pu soustraire aux pillards, on replanta les potagers et la vie reprit, avec le vague espoir d'un retour des absents.

Un matin, le docteur vit arriver, dans un cabriolet, le notaire de la comtesse. Il apportait de terribles nouvelles.

Mme la comtesse avait été décapitée à la machine, comme le roi, le même jour que M. le chevalier des Ombrées. Il remit donc au docteur le testament qu'elle lui avait dicté la veille de son départ.

Elle léguait à Babette toute sa fortune, dont la gérance était confiée au bon docteur, et reviendrait ensuite à Nathalie, au cas où il quitterait ce triste monde avant elle, ce qu'il était logique de prévoir.

La liste de ses biens était fort longue. Il y avait d'abord l'énumération de fermes, de terres, de maisons dans les villes voisines.

— Ne comptez pas là-dessus, dit le fidèle notaire : les biens des nobles vont être vendus aux enchères au profit de l'Etat, dont ces gredins ont vidé les caisses. Il vous reste cependant cinq mille écus d'or que je vous ai apportés dans deux sacoches en tremblant de les perdre en route... J'ai en outre une lettre pour vous, dont j'ignore le contenu, car Mme la comtesse me l'a remise scellée, et m'a défendu d'en prendre connaissance. Vous pouvez constater que j'ai scrupuleusement respecté ses dernières volontés.

Il tendit au docteur un grand pli, portant d'épais cachets de cire, timbrés du sceau de la défunte.

Cette lettre contenait des instructions très précises pour l'entretien de Babette et des dispositions à prendre pour la confier à un couvent, au cas où le docteur et Nathalie quitteraient cette vie avant elle.

Il y avait aussi « au cas où je ne reviendrais pas... » des adieux touchants. Enfin, un post-scriptum révélait que feu M. le comte avait enterré profondément, dans les écuries, premier coin à gauche en entrant, dix mille écus blancs.

Après un bon déjeuner, le fidèle notaire repartit dans son cabriolet.

Le jour même, le docteur, en prévision de la vente aux enchères du château, alla creuser un beau trou dans la cave de sa petite maison. Avec l'aide de Nathalie, il y transporta, en plusieurs voyages, le trésor, et dans le gros village la vie reprit, assez calme, mais bien triste ; car on ne voyait plus, dans les champs, que des vieillards, des femmes et des enfants...

Cependant, la pauvre Babette, qui avait traversé sans dommage une épreuve à laquelle elle n'avait rien compris, avait pourtant changé de caractère.

Elle restait maintenant des heures entières dans le même fauteuil, pensive, mais tressaillant au moindre bruit.

Elle n'allait plus s'asseoir devant la fenêtre pour parler aux oiseaux, et le vieux corbeau en était réduit à des monologues. Elle ne voulait plus sortir dans le parc : elle restait des heures entières blottie dans un fauteuil, inquiète et tressaillant au moindre bruit. Nathalie elle-même ne pouvait plus la toucher pour faire sa toilette, et elle dormait tout habillée, avec le vieux chat dans ses bras.

Ce qui rassurait le docteur, c'est qu'elle avait gardé un appétit remarquable, et qu'elle mangeait à toute heure du jour ou de la nuit. Un soir, Nathalie finit par dire :

— Moi, je me demande si elle n'est pas enceinte.

— C'est impossible, dit le docteur. Elle n'a pas eu de puberté et je suis persuadé qu'elle n'en aura jamais... Et puis, quel est le criminel qui aurait pu violenter cette pauvre créature ? Ce n'est pas imaginable.

— Dans cette bande de cochons, dit Nathalie, il y avait des brutes capables de n'importe quoi...

Quelques jours plus tard le docteur, inquiet, voulut l'examiner. Il réussit, par surprise, à poser la main sur son ventre, mais elle le repoussa furieusement d'un coup de griffe ; et comme on n'avait pas pu tailler ses ongles depuis plusieurs semaines, la joue fut labourée par quatre sanglantes balafres. Puis, comme elle essayait de le mordre au visage, il dut renoncer à son examen, et fut à son tour très inquiet. Ses craintes furent confirmées huit jours plus tard, quand elle commença à vomir le matin.

— Le misérable qui l'a violée a commis un assassinat, dit-il, car l'enfant ne pourra jamais naître. Les os du bassin sont soudés et la pauvre petite mourra certainement en couches et si, par miracle, elle ne meurt pas, elle nous fera un petit monstre, qui sans doute ne vivra pas huit jours.

Lorsque les douleurs de l'enfantement commencèrent, le docteur alla chercher un de ses amis, médecin réputé de la ville voisine.

Ils la trouvèrent étendue sur son lit, gémissante, et elle n'eut pas la force de résister à leur examen.

— Il n'y a qu'une solution, dit le savant confrère : c'est de tenter l'opération de Jules César. Elle est évidemment très dangereuse ; mais si nous ne sauvons pas la mère, nous pourrons peut-être sauver l'enfant...

On envoya chercher M. le curé. Il vint avec les Saintes huiles pour le cas où son ministère eût été nécessaire.

Pendant que la parturiente gémissait en serrant dans ses mains mutilées celles de la douce Nathalie, on installa le prêtre dans la chambre voisine, où les deux praticiens préparaient leurs outils tranchants et des tampons de charpie sur une large table recouverte d'un drap. Puis M. le curé se mit en prière. Comme les chirurgiens allaient sortir pour aider à transporter la pauvrette, la porte s'ouvrit toute grande sous la poussée d'un pied : Nathalie leur présentait comme une offrande le petit garçon qui venait de naître.

Il était beau.

Babette put allaiter son enfant ; mais, pendant les premiers mois, elle ne permit à personne d'y toucher.

Quand une main s'avançait doucement vers lui, elle grondait comme une chatte, la lèvre retroussée sur ses dents. Cependant, elle comprit peu à peu qu'on ne lui voulait que du bien : elle permit à Nathalie de le laver et de l'habiller, mais elle ne consentait jamais à lâcher la main de l'enfant. Elle lui parlait longuement, dans son étrange langage d'oiseau, et, pour l'endormir, elle gazouillait de jolies petites musiques...

En grandissant, le bébé devint un petit garçon d'une beauté parfaite et d'une remarquable précocité. Il parla d'abord le langage de sa mère, puis celui de Nathalie : à cinq ans, il apprit à lire en quelques semaines. Un peu plus tard, le docteur reprit les manuels de sa jeunesse pour l'initier aux sciences naturelles, aux mathématiques et au dessin.

Emerveillé par son intelligence et sa surprenante mémoire, M. le curé lui enseigna le latin ; ses progrès furent si rapides que le saint homme disait parfois :

— L'esprit de cet enfant est d'une incroyable vivacité. Il comprend tout à demi-mot, et je ne sais parfois que répondre aux questions qu'il pose ; quand je pense qu'il est le fils de la plus misérable des créatures, et d'un bandit de grand chemin, j'en reste vraiment confondu, et je constate chaque jour que les voies de Dieu sont impénétrables !

Lorsqu'il eut quatorze ans, ses deux professeurs, arrivés au bout de leur science, décidèrent qu'il fallait le conduire à Paris, pour lui donner des maîtres dignes de lui.

Avec une partie des écus de la comtesse, le

docteur acheta une petite maison, dans un jardin, près d'une grande école qui l'avait accueilli à bras ouverts. C'est là que le garçon passa son adolescence et sa jeunesse, entre sa mère, Nathalie et le bon médecin.

La vieille demoiselle — la première narratrice, qui était à mon avis Nathalie elle-même — affirma qu'au sortir des écoles, le jeune homme devint très vite célèbre.

Dans quel domaine, et sous quel nom, elle refusa de le dire, car elle avait juré sur les livres saints de ne jamais révéler son secret, par crainte de nuire à sa descendance.

Fut-il un savant, un médecin, un peintre, un musicien, un écrivain, un grand architecte ? Nous ne le saurons sans doute jamais, mais d'après la vieille demoiselle il était déjà, à l'heure où elle parlait, un homme véritablement illustre, et connu dans toute l'Europe comme une des gloires de la France.

Tant que sa mère vécut, il ne se maria pas, car elle en fût morte de jalousie. Il resta jusqu'au bout près d'elle, sans jamais recevoir personne chez lui, et tout le monde pensait qu'il avait une maîtresse despotique et si belle qu'il n'osait pas la montrer...

Mais ses infirmités ne lui permirent pas d'atteindre la vieillesse ; elle déclina doucement et sans le savoir...

Lorsque ses jambes furent paralysées, son fils la porta dans ses bras, comme un enfant. Il l'installait dans un fauteuil, sous le grand saule pleureur du jardin, dont la ployante verdure les cachait à tous les yeux. A côté d'elle, il écrivait sur une longue table de pierre. Elle lui parlait de temps à autre, dans leur langue mystérieuse ; il lui répondait alors ; les merles et les pinsons du voisinage venaient se poser dans le saule et de plongeantes hirondelles s'entrecroisaient au-dessus d'eux ; de temps à autre il se levait, pour baiser les mains mutilées.

C'est un soir, comme il la rapportait à la maison, la tête appuyée sur l'épaule de son fils, qu'elle gazouilla dans son oreille ses derniers mots de tendresse et de bonheur.

Il me semble que ce fut la fin de la plus belle histoire d'amour du monde.

Un soir d'hiver, à la campagne, devant de flamboyantes bûches, ce récit me revint à l'esprit, et je pensai tout à coup à Sparte, à ses lois, à ses mœurs, à son idéal.

Ce fut une ville d'héroïques guerriers et de farouches patriotes, soucieux avant tout, comme Hitler, de la pureté et de la beauté de leur race.

Lorsqu'un enfant naissait, une commission d'experts venait donc l'examiner, dans la chambre même de l'accouchée. Les filles étaient estimées selon leur taille et leur poids, comme des juments poulinières. Les garçons devaient paraître capables de porter un jour le bouclier, le casque de bronze, et la lourde épée de fer. Soumis dès l'enfance à une féroce discipline militaire, leur seul

idéal était de mourir sur un champ de bataille,
après avoir tué autant d'hommes que le permet-
taient les armes de ce temps. Quant aux enfants
« réformés » par ce « conseil de révision », les
vieux sages les emportaient sous le bras, et allaient
les jeter dans un gouffre voisin, qui s'appelait le
Barathre.

Finalement, cette race si belle, et si soigneusement épurée, que nous a-t-elle laissé ?

Des noms de rois, auteurs de lois aussi sévères
qu'un règlement pénitentiaire, des noms de généraux, dont les armées ne dépassèrent jamais l'effec-
tif d'un régiment, des noms de batailles, dont la
plus célèbre est le glorieux désastre des Thermopy-
les, et les murs effondrés d'une petite ville. Ces
pierres éparses sous des ronces ne cachaient pas
une Vénus, un Discobole, une Victoire ailée, mais
un bouclier verdi, des casques fendus, des glaives
amincis par la rouille du temps. Au centre d'un
paysage quelconque, ces ruines anonymes ne sont
pas dominées par un lumineux Parthénon, haut
dans le ciel sur une Acropole, mais accroupies
dans l'ombre au bord d'un trou.

Ces hommes furent des Grecs de la grande
époque, à deux pas d'Athènes, mère de l'intelligence et des arts... Pourquoi leur héritage est-il si
misérable ?

C'est parce qu'ils ont abruti sur leurs champs de
manœuvres, et sacrifié sur des champs de bataille,
leurs poètes, leurs philosophes, leurs peintres,
leurs architectes, leurs sculpteurs ; c'est parce

qu'ils ont peut-être précipité sur les rocs aigus, au fond du Barathre, un petit bossu qui était Esope, ou le bébé aveugle qui eût chanté à travers les siècles les Dieux et la gloire de leur patrie... Et parmi les trop pâles petites filles qui tournoyèrent un instant, frêles papillons blancs, à travers la nuit verticale du gouffre, il y avait peut-être les mères ou les aïeules de leur Phidias, de leur Sophocle, de leur Aristote ou de leur Platon ; car toute vie est un mystère, et nul ne sait qui porte le message ; ni les passants, ni le messager.

TABLE

ŒUVRES DE MARCEL PAGNOL

1926. *Les Marchands de gloire.* En collaboration avec Paul Nivoix, Paris, L'Illustration.

1927. *Jazz.* Pièce en 4 actes, Paris, L'Illustration. Fasquelle, 1954.

1931. *Topaze.* Pièce en 4 actes, Paris, Fasquelle.
Marius. Pièce en 4 actes et 6 tableaux, Paris, Fasquelle.

1932. *Fanny.* Pièce en 3 actes et 4 tableaux, Paris, Fasquelle.
Pirouettes. Paris, Fasquelle (Bibliothèque Charpentier).

1935. *Merlusse.* Texte original préparé pour l'écran, Petite Illustration, Paris, Fasquelle, 1936.

1936. *Cigalon.* Paris, Fasquelle (précédé de *Merlusse*).

1937. *César.* Comédie en deux parties et dix tableaux, Paris, Fasquelle.
Regain. Film de Marcel Pagnol d'après le roman de Jean Giono (Collection « Les films qu'on peut lire »). Paris-Marseille, Marcel Pagnol.

1938. *La Femme du boulanger.* Film de Marcel Pagnol d'après un conte de Jean Giono, « Jean le bleu ». Paris-Marseille, Marcel Pagnol. Fasquelle, 1959.
Le Schpountz. Collection « Les films qu'on peut lire », Paris-Marseille, Marcel Pagnol. Fasquelle, 1959.

1941. *La Fille du puisatier.* Film, Paris, Fasquelle.

1946. *Le Premier Amour.* Paris, Editions de la Renaissance. Illustrations de Pierre Lafaux.

1947. *Notes sur le rire.* Paris, Nagel.
Discours de réception à l'Académie française, le 27 mars 1947. Paris, Fasquelle.

1948. *La Belle Meunière.* Scénario et dialogues sur des mélodies de Franz Schubert (Collection « Les maîtres du cinéma »), Paris, Éditions Self.

1949. *Critique des critiques.* Paris, Nagel.
1953. *Angèle.* Paris, Fasquelle.
      Manon des Sources. Productions de Monte-Carlo.
1954. *Trois lettres de mon moulin.* Adaptation et dialogues du film d'après l'œuvre d'Alphonse Daudet, Paris, Flammarion.
1955. *Judas.* Pièce en 5 actes, Monte-Carlo, Pastorelly.
1956. *Fabien.* Comédie en 4 actes, Paris Théâtre 2, avenue Matignon.
1957. *Souvenirs d'enfance.* Tome I : La Gloire de mon Père. Tome II : Le Château de ma Mère, Monte-Carlo, Pastorelly.
1959. *Discours de réception de Marcel Achard à l'Académie française et réponse de Marcel Pagnol,* 3 décembre 1959, Paris, Firmin Didot.
1960. *Souvenirs d'enfance.* Tome III : Le Temps des secrets. Monte-Carlo, Pastorelly.
1963. *L'Eau des collines.* Tome I : Jean de Florette. Tome II : Manon des Sources, Paris, Éditions de Provence.
1964. *Le Masque de fer.* Paris, Éditions de Provence.
1973. *Le Secret du Masque de fer.* Paris, Éditions de Provence.

Traductions.
1947. William Shakespeare, *Hamlet.* Traduction et préface de Marcel Pagnol, Paris, Nagel.
1958. Virgile, *Les Bucoliques.* Traduction en vers et notes de Marcel Pagnol, Paris, Grasset.
1977. *Le Temps des amours* ; souvenirs d'enfance, Paris, Julliard.
1981. *Confidences,* Paris, Julliard.

Toutes les œuvres de Marcel Pagnol sont publiées dans la collection de poche « Presses Pocket ».